GEAI

CHRISTIAN BOBIN

GEAI

GALLIMARD

Il a été tiré de l'édition originale de cet ouvrage quarante exemplaires sur vélin pur chiffon de Lana numérotés de 1 à 40.

Geai était morte depuis deux mille trois cent quarante-deux jours quand elle commença à sourire.

Ce sourire, au début, personne pour le voir. Que deviennent les choses que personne ne voit ? Elles grandissent. Tout ce qui grandit grandit dans l'invisible et prend, avec le temps, de plus en plus de force, de plus en plus de place.

Donc le sourire de Geai, noyée depuis deux mille trois cent quarante-deux jours dans le lac de Saint-Sixte, en Isère, commença à donner de plus en plus de lumière.

Geai parfois remontait à la surface, parfois descendait au fond du lac. Depuis deux mille trois cent quarante-deux jours. Intacte. In-

9

demne. Aucune trace de fatigue sur son visage, dans ses chairs. Aucune tache sur sa robe. Une robe de coton rouge, la couleur préférée de Geai du temps où elle faisait l'école dans le village de Saint-Sixte.

Le lac de Saint-Sixte est très sombre, même en été. Le lac de Saint-Sixte ignore l'innocence des étés. C'est une eau qui retient sa lumière, une eau verte et surtout noire qui fait de la rétention de lumière. Le ciel dégringole en bleu dans le lac, passe en vert puis coule en noir. Il y a plusieurs sortes de noirs dans le noir. Les eaux de Saint-Sixte sont d'un noir mauve, orageux, un noir comme dans les yeux des jaloux. Ce noir est là depuis qu'il y a de l'eau à Saint-Sixte. Et le sourire de Geai commence secrètement à le ronger, à le diluer, à l'allonger, et le sourire de Geai fait remonter en surface du lac de Saint-Sixte tout le bleu du ciel qui avait coulé dedans. C'est un pays de montagnes. En pays de montagnes, le bleu a une franchise absolue, une netteté blanche. Ce bleu, comment dire : il brûle et il lave.

Nous sommes en hiver. Geai est prise sous les glaces, à deux centimètres de la surface. Depuis combien de temps son sourire lave-t-il les eaux noires de Saint-Sixte — impossible à dire. On ne peut commencer à dire quelque chose de la puissance de ce sourire qu'avec la venue d'Albain, huit ans, trop jeune pour avoir reçu l'enseignement de Geai, pour l'avoir connue de son vivant. Eh bien, il la connaît maintenant de son souriant : Albain est seul, il a marché jusqu'au milieu du lac et il a vu la robe rouge, le visage de Geai et le sourire sur le visage. Geai a cligné de l'œil en le voyant. Geai a toujours été réjouie par l'apparition d'enfants. Albain a eu peur. Ce qui fait peur, c'est ce qu'on ne connaît pas. Des morts, Albain en a déjà vu. Mais ce sourire, autant de douceur illuminant un visage, c'est la première fois. Ce sourire a effrayé Albain, l'a fait revenir en courant vers la rive, au risque de faire céder la croûte de glace. Elle n'a pas cédé, la croûte, elle s'est lézardée un peu, c'est tout, et Albain est maintenant seul avec ses huit ans au bord du lac de Saint-Sixte. Son cœur saute dans sa poitrine comme un écureuil fou. Son cœur cogne dans sa poitrine comme un pic-vert. Son cœur galope dans sa poitrine comme un poulain. Son cœur lentement se calme. Son cœur à présent n'a plus peur, son cœur lui envoie des petites giclées de sang dans les extrémités des mains et des pieds, son cœur le remet en mouvement, le fait aller à nouveau, à quatre

11

pattes cette fois-ci, jusqu'au centre du lac de Saint-Sixte. Geai est toujours là. Encore plus souriante. Enfin une présence. Ce n'est pas qu'elle manquait de compagnie, depuis deux mille trois cent quarante-deux jours. Il y avait les poissons du dessous et les oiseaux du dessus. Mais bon, un enfant c'est mieux qu'un poisson ou qu'un oiseau.

Geai est allongée sous un drap de deux centimètres de glace, ce qui n'empêche pas de la voir : son sourire enlève à la glace son opacité, son sourire enlève au monde entier son opacité. Albain est allongé sur Geai, ou plus exactement sur la glace en dessous de laquelle Geai sourit. Ils se regardent. Longtemps. Visage contre visage. Le sourire d'Albain répond au sourire de Geai. Les deux sourires bavardent. Très, très longtemps.

Le soir est venu. On ne distingue plus la glace du lac et la terre de la rive. Albain sourit une dernière fois à Geai. Je reviens te voir demain. Geai acquiesce par un battement de paupières et un renforcement de son sourire. Albain, à quatre pattes, revient sur la terre ferme. Il marche dans la campagne une demi-heure, pousse la porte de la maison familiale. Ils sont déjà tous à table. On lui demande où il était. J'étais avec la dame de Saint-Sixte. Quelle dame de Saint-Sixte ? Celle qui sourit au fond du lac, elle est gentille, on a beaucoup parlé, enfin je veux dire : on s'est beaucoup souri. Et paf : Albain reçoit une claque. C'est le père qui a parlé. Parler, pour le père, c'est se taire pendant des siècles et, de temps en temps, sortir de sa réserve pour distribuer démocratiquement des claques aux trois enfants de la maison, une pour chacun, et peu importe qui « a commencé ». Si le père d'Albain faisait des phrases, il dirait que l'enfance est une chose étrange, à la fois adorable et exténuante, un trésor et un chaos. Mais il ne fait pas de phrases, il donne des claques, d'ailleurs en voilà une autre et au lit, mon garçon, sans manger, ça t'apprendra à traîner dehors au lieu de faire tes devoirs, et à revenir avec la nuit en racontant n'importe quoi.

Une heure passe. Les larmes ont salé les joues d'Albain. Le chagrin est une soupe au sel. Elle laisse l'estomac bien creux. C'est sans importance. Deux heures passent. Albain, huit ans, dort d'un sommeil profond. Profond et souriant.

Albain a été élevé par une géante. Il n'y a là rien d'extraordinaire : depuis le début du monde, tous les enfants sont élevés par des géantes. Il est sorti de son ventre, elle l'a ramené contre la chair rose de ses joues et elle l'a enveloppé des pieds à la tête de petits noms délicieux — mon bébé chat, mon gros père la lune, mon caillou doré, boubouchi, caramel, ma puce et le sang de mon sang. Elle l'a tenu ainsi longtemps, enduit de mots d'amour brillants comme neige au soleil. Le père est arrivé quelques minutes plus tard. Les pères sont comme ça, tardifs. Au début il y a les géantes et l'enfant tout chaud sorti d'elles. Les géantes vivent avec des géants mais on ne voit ceux-ci qu'en arrière-plan, dans l'ombre. Ils ont des réunions de bureau, ils lavent leur voiture ou ils lisent le journal. L'enfant, ils le regardent de loin, perplexes. Quand il a deux, trois ans, ils disent : « Ça

14

devient intéressant à cet âge-là. » Il est assez inquiétant de dépendre de gens pour qui, pendant deux ou trois ans, vous n'êtes guère intéressant. Pour les géantes, il en va tout autrement. L'enfant est dès son apparition le centre de leurs pensées, de leurs soucis et de leurs songes. Les géantes ne patientent pas dans l'ombre. Elles ne comptent pas les mois et les années. Elles n'attendent pas que l'enfant bredouille ses premiers mots pour décréter que, oui, finalement, il est intéressant. Les géantes ne connaissent rien de plus passionnant qu'un petit morceau d'âme rose et gluant, fripé, affamé. Les géantes sont là depuis le début du monde et même légèrement avant, Dieu les bénisse.

La géante d'Albain est minuscule. Une brunette aux jambes de porcelaine, une dame souris avec une petite poitrine. Mais la taille n'est pour rien dans l'existence des géants. Ce qui fait les géants, c'est la peur qu'ils inspirent ou la bonté qu'ils diffusent. La mère d'Albain, c'est sa bonté qui la rend immense — une lumière qui se voit de loin et ne s'éteint jamais.

Albain fut un bébé très pratique. Sa mère, avec les beaux jours, le portait dans ses bras jusque dans le jardin et le laissait là, assis dans l'herbe. Il pouvait y rester des heures, sans s'ennuyer. De cette longue pratique contemplative, il a gardé le goût du merveilleux. Qu'une femme habite dans les eaux gelées du lac de Saint-Sixte, cela ne l'étonne guère plus que — par exemple — les limaces devant lesquelles, tout petit, il aimait s'accroupir. Il adorait les toucher du bout des doigts et les voir se rétracter. Après quelques instants de panique, elles se détendaient à nouveau, continuaient à explorer ce monde où le doigt de Dieu ou d'Albain peut d'un coup s'enfoncer dans votre tête.

Les limaces ont un trou dans la tête. Ce trou fait penser à celui des baleines, qui leur sert à respirer et à cracher de l'eau. Un sourire a beau venir d'une morte, cela reste un sourire. Émerveillant, oui, mais pas plus étonnant qu'une baleine. Sauf qu'une baleine, c'est dans l'eau et ça y reste. Quand ça s'échoue sur la terre, ça meurt. La différence est peut-être là : un sourire se détache du visage où il apparaît. Un sourire est comme une armée d'avant-garde, une modification de la chair qui survit à la chair, qui se sépare d'elle et vole très loin, bien plus loin que le visage d'où ce sourire est monté, où il s'est conçu.

Les limaces ne sourient pas. Les baleines non plus. La mère sourit souvent. Le miracle est là et nulle part ailleurs : le sourire de Geai est encore plus beau, plus frais et plus large que celui de la mère.

Dans le village d'Albain, proche de celui de Saint-Sixte, il y a une école. Une seule classe. On y a regroupé une douzaine d'enfants d'âges différents. Un seul maître pour tous. Pendant que les plus jeunes dessinent, les plus grands apprennent l'histoire de France. Cela est la vérité officielle, la vérité pour les parents. La vraie vérité est différente : pendant que les plus jeunes dorment ou jouent aux billes dans le fond de la classe, les plus grands gravent leurs noms sur les bureaux, échangent des photos de chanteurs et lisent des bandes dessinées. Et le maître ? Le maître est là depuis le début de l'automne. Fraîchement nommé dans ce village, il se languit d'une bien-aimée qui n'a pu le suivre. Lui en Isère, elle dans le Nord, près de la frontière belge. Entre elle et lui, plusieurs centaines de kilomètres qu'il recouvre patiemment de timbres-poste, d'enveloppes et de mots d'amour. Il a divisé les heures de cours en deux parties inégales. Pendant la première, la plus longue, les enfants ont quartier libre. Dans le bourdonnement des voix, il écrit à sa fiancée, à ses parents, à ses amis. Il raconte sa vie dans ce village, ses promenades dans les alentours. Il évoque ses lectures et ajoute parfois le portrait d'un de ses élèves. Dans le dernier quart d'heure, il demande le silence et lit à voix haute la lettre qu'il vient de terminer. Les enfants écoutent et posent des questions sur ce qu'ils ont entendu. Le maître répond et glisse dans ses réponses un peu d'histoire, un rien de littérature, un soupçon de géographie. À la fin du premier trimestre, les élèves sont incollables sur l'économie et l'histoire de l'Isère. Ils savent aussi beaucoup de choses sur Isabelle, la fiancée du maître. Certains en sont vaguement amoureux. Être amoureux, c'est souvent l'être « vaguement ». Le flou est propice aux états sentimentaux. Ils écrivent à leur tour des mots d'amour pour Isabelle. Ils les montrent au maître qui corrige les fautes, donne quelques règles de grammaire puis met leurs lettres dans une enveloppe, avec la sienne. La seule ombre dans cette histoire est qu'Isabelle ne réponde jamais aux lettres qu'elle reçoit. Les enfants ont interrogé le maître sur ce silence. Il leur a dit qu'elle avait beaucoup de travail et qu'un jour elle viendrait ici, en personne. Vers la fin du mois de juin, a-t-il précisé. Cette réponse a satisfait tous les enfants — sauf Albain. Albain a un doute dont il ne fait part à personne. Albain a plus qu'un doute. Albain est sûr qu'Isabelle n'existe pas, qu'elle n'est qu'une façon particulièrement sournoise de faire de la pédagogie. Albain connaît le mot « pédagogie » : le maître l'avait écrit dans une de ses lettres et il avait expliqué ce que c'était, ce que ça voulait dire. Vous en connaissez beaucoup, vous, des lettres d'amour où figure le mot « pédagogie », sans compter des informations détaillées sur les sous-sols du massif alpin ?

Le maître apprécie Albain. C'est son élève le plus doué. L'histoire que l'enfant lui a racontée — le lac, la dame au fond du lac, le sourire — était un miracle d'imagination. Je ne sais pas où tu vas chercher tout ça, mon garçon. C'est très bien. Isabelle adorera cette histoire.

La vérité, vous la dites, et elle vous attire des claques ou des félicitations. Et le pire c'est que, dans un cas comme dans l'autre, personne ne vous croit.

La vérité, c'est incroyable.

Une femme qui n'existe pas et à qui on écrit des lettres d'amour. Une femme qui existe puisqu'elle sourit, sauf qu'elle a une drôle de façon d'exister, sous deux centimètres de glace. C'est tout ? Non, ce n'est pas tout : Albain, huit ans, est littéralement cerné par les femmes. Elles s'appellent Babille, Cogne et Prune. Prune suffirait à elle seule pour cerner Albain. Une seule femme quand elle est amoureuse suffit pour remplir le ciel et la terre, même lorsque, comme Prune, cette amoureuse a huit ans. Mais laissons Prune pour l'instant. Elle est à l'école, assise à côté d'Albain. Évidemment assise à côté d'Albain. Voyons les deux pestes, les deux sorcières, Babille et Cogne. Albain a pendant trois ans été le seul enfant de la famille, le roi absolu. Son empire pendant ces trois années a été aussi vaste que le monde. Trois années à tourner autour du soleil de la mère. Car il faudrait ajouter la mère à la compagnie féminine qui assiège, cajole et rudoie Albain. Ces temps-ci, la mère est en voyage. On ne sait pas où. On ne sait pas non plus quand elle reviendra. Même le père l'ignore. Aux voisins, il a expliqué qu'elle avait rendu visite à un parent gravement malade. Comme il donne la même explication à chaque disparition de son épouse, c'est devenu un sujet de plaisanterie pour les voisins : la mère d'Albain n'a pas de chance. Sa famille doit être touchée par une épidémie, sans aucun doute. Mais devant le père, pas un mot, pas une allusion, pas même l'esquisse d'un sourire. Il est d'ailleurs très risqué de dire quoi que ce soit à cet homme. Même une conversation sur le temps qu'il fait pourrait susciter chez lui une saute d'humeur. Le père d'Albain, c'est l'orage. La mère d'Albain, c'est l'arc-en-ciel. Un peu comme Babille et Cogne. C'est Babille qui la première a mis fin au règne d'Albain, un règne absolu de trois années tellement courtes, beaucoup trop courtes. Babille est le nom qu'Albain a donné à sa sœur quand elle a commencé à parler. Aujourd'hui Babille a cinq ans et elle en est toujours aux débuts de la parole. Pas pressée, Babille. Elle garde longtemps les mots dans sa bouche, elle les trempe de salive avant de les sortir, elle garde le bruit des bébés dans sa parole et tout le monde trouve cela charmant, sauf Albain qui, une fois de plus, dit la vérité : tu baves, Babille. Tu fais rien qu'à baver. Un an après Babille, Cogne débarque. Cogne est une fille, encore, une autre sœur pour Albain qui n'en souhaitait aucune et qui, faute de mieux, aurait préféré que le troisième enfant soit un garçon. Ce qui, dans un sens, s'est produit. Cogne est une petite fille d'aujourd'hui quatre ans. L'imaginaire que l'on a des petites filles de quatre ans est souvent plein d'approximations. Les poupées de Cogne pourraient vous le dire si seulement on les laissait parler : le jeu favori de Cogne est de leur ouvrir le ventre avec des ciseaux et de leur donner de grands coups sur la tête, en leur hurlant dans les oreilles : comment ça va, ce matin, ma chérie ? Cogne a le même jeu quand elle est avec son frère — sauf que l'on a prudemment placé les ciseaux sur des étagères, hors de portée.

Dans les films policiers, on voit souvent deux inspecteurs se pencher sur un suspect : un dur et un doux. Ils alternent douceurs et violences, se succèdent l'un à l'autre, sans fin, pour épuiser leur proie. Babille est la toute douce. Cogne est la toute dure. Cinq ans que cela dure, et maintenant Albain a vraiment quelque chose à avouer : cette dame qu'il a vue dans les eaux gelées du lac de Saint-Sixte. Il l'a revue hier. Elle l'attendait. Quand il a posé son visage sur la glace, elle a fait plus que sourire, elle a éclaté de rire, un rire silencieux, un rire qui n'a pas fait peur à Albain, qui ne pouvait faire peur à personne.

Il a un secret, Albain. Un secret, c'est comme de l'or. Ce qui est beau dans l'or, c'est que ça brille. Pour que ça brille, il ne faut pas le laisser dans une cachette, il faut le sortir dans le plein jour. Un secret, c'est pareil. Si on est seul à l'avoir, ce n'est rien. Il faut le dire pour que cela devienne un secret.

— Bonjour, Albain. Alors tu ne la fais pas, cette rédaction ? C'est pourtant un beau sujet.

— Bonjour, madame. Comment savez-vous que j'ai une rédaction à faire ?

— Dans mon état, on sait beaucoup de choses, Albain. « Savoir » n'est pas vraiment le mot. On devine, si tu veux. On devine tout, absolument tout.

— Vous pouvez me dire mon avenir, madame ?

— Non. Je n'ai pas le droit. Et ne m'appelle plus « madame » : cela me vieillit. À propos : quel âge me donnes-tu ?

— Je ne sais pas, moi. Dix-huit ans ?

— C'est flatteur, Albain. Très flatteur, même s'il me semble me souvenir qu'à ton âge les gens de dix-huit ans paraissent terriblement vieux.

— Et votre nom, madame ? C'est comment, votre nom ?

— Appelle-moi Geai, cela ira très bien.

— Jet comme un jet d'eau ?

— Non, comme l'oiseau, comme le geai.

— C'est votre vrai nom ?

— Maintenant, oui. De l'autre côté de la vie, de ce côté où tu es, je portais un autre nom, et trois prénoms aussi. J'ai reçu le nom de Geai quand j'ai cessé de respirer. C'est mon nom, mon prénom et ma maison, tout ça à la fois : Geai.

— Il vous va bien, je trouve.

— Décidément, Albain, tu sais plaire à tes interlocuteurs.

— C'est quoi, un interlocuteur ?

— Il ne vous a pas appris ce mot, votre maître ? Un interlocuteur, c'est quelqu'un à qui tu parles.

— Le vieux Patate, notre voisin, il parle toute la journée, mais seul. Il est fou.

— Pas si seul que ça, Albain. Il est même bien encombré : il parle à ses parents. Tu me diras que ses parents sont morts. Et alors ? Qu'est-ce que ça change ?

— Les morts répondent quand on leur parle ?

— Qu'est-ce que je fais d'autre en ce moment ?

— Vous n'avez pas froid sous la glace ?

— Le froid, c'est de ton côté de la vie, Albain, pas du mien. Je n'ai ni froid, ni chaud, ni faim.

— Et comment vous êtes venue là ?

— Je ne sais pas, Albain, je ne sais plus. Cela ne doit pas être si important puisque j'ai oublié.

— De quoi vous vous souvenez, alors ?

— De toutes petites choses. Un coquelicot. Une mousse sur un tronc d'arbre. Le nez en trompette d'une jeune dame, ma mère peut-être. L'odeur du chèvrefeuille. Quelques refrains de chansons, aussi. Des bricoles. Mais dis-moi, tu trembles ?

— J'ai un peu froid, tout d'un coup.

— C'est la nuit qui s'approche. Allez, rentre vite à la maison.

— Je peux revenir demain ?

— Demain et toute la suite des jours, si tu veux. Tu ne sais pas nager, je crois.

— Non. Depuis que Cogne m'a poussé du pédalo, j'ai peur de l'eau.

— C'est embêtant : dans un mois ou deux, les glaces vont fondre et tu ne pourras plus me rejoindre à la marche. Bah, nous inventerons autre chose.

— Je peux emmener des copains ?

— Tu peux mais tu seras déçu.

— Pourquoi ?

— ...

— Pourquoi ?

— Tu verras bien. Allez, file. La prochaine fois, mets un pull plus gros. Et fais-moi plaisir : rédige cette rédaction. Le sujet est vraiment intéressant. Il a des méthodes un peu étranges, votre maître, mais il est très bien. Allez, au revoir, Albain.

— Au revoir.

— Au revoir, qui ?

— Au revoir, Geai.

Les mouches, quand elles mettent momentanément fin à leur manège — et je vole à gauche, et je vole à droite, et je marche sur une vitre, et je fais mon étonnée parce que la vitre a des bords, et je recommence à voler, je me pose en catastrophe sur un crâne, j'agace, je nargue, et je file à nouveau, je vais faire mes courses sur une toile cirée —, les mouches donc, quand elles se donnent un peu de répit, ont souvent un geste drôle : elles lèvent leurs pattes de devant et elles les frottent l'une contre l'autre. Ce geste ressemble à celui d'un marchand qui a réussi une affaire, qui a vendu quelque chose à bon prix et qui se félicite, se congratule lui-même. Les mouches sont des femmes d'affaires : telle est, au plus près, en ce jour, en cette heure, à cette seconde, la pensée d'Albain. Le même jour, à la même heure, à la même seconde, Prune se tourne vers Albain et lui pose une question pleine de fièvre et d'inquiétude : à quoi tu penses ?

Dans le cœur de Prune, Albain est beau, drôle, gentil, héroïque : il est revêtu de cet habit de lumière que l'on prête à ceux que l'on aime, qui les métamorphose à leur insu. Le problème, car il y a un problème, est le suivant : puisque Albain est devenu tout pour Prune, Prune rêve de devenir tout pour Albain. Hélas. Il lui faudrait, pour que ce rêve s'accomplisse, devenir tour à tour un buvard, un nuage, un taille-crayon, un rayon de soleil, une mouche — sans fin. Pour ne jamais sortir du cœur d'Albain, il faudrait que Prune devienne tout ce sur quoi Albain pose ses yeux. Albain aime tout ce qu'il voit, sans préférence. Prune est bien dans ce tout, oui, elle y a sa place, mais elle doit partager cette place, en ce jour, en cette heure, cette seconde, avec un buvard, un nuage, un taille-crayon, un rayon de soleil, une mouche — sans fin. Et le plus désolant, c'est que la mouche n'est même pas là : il fait trop froid. En hiver, les mouches suspendent leur commerce. Albain n'a même pas besoin qu'une chose soit là pour penser à elle et pour l'aimer. Il lui suffit de l'avoir vue, ne serait-ce qu'une seule fois. Prune est bien dans le cœur d'Albain, oui, mais avec des milliers de rivales.

À quoi tu penses ? Les amoureuses se veulent bienveillantes (c'est bien la moindre des choses), donc compréhensives, larges d'esprit. Mais si compréhensives se rêvent-elles, elles n'espèrent qu'une seule réponse à cette question, elles n'imaginent qu'une seule réponse juste : je pense à toi. Leurs amoureux, souvent, escamotent la difficulté. Ils répondent en fuyant : je ne pense à rien.

À quoi tu penses ? Albain, qui n'aime rien tant que la vérité, s'apprête à répondre : je pense aux mouches d'été, je me demande ce qu'elles font en hiver. Albain, qui a le souci pointilleux de la vérité, ayant changé de pensée, change de réponse : je pense à Geai.

Et voilà. Il ne voulait pas le dire à Prune et il l'a dit. Les secrets sont des piments sur le bout de la langue. Tôt ou tard ils mettent la bouche en feu. Tôt ou tard on ouvre la bouche et on montre le petit diable qui faisait sa cuisine entre nos dents serrées. Et après il faut parler et encore parler. Expliquer à Prune que Geai est à la fois un nom, un prénom et une maison. Dire que c'est le nom d'une dame sous les glaces du lac de Saint-Sixte, même qu'elle sourit, cette dame, même qu'elle a une jolie voix. Prune est excitée. Elle croit tout ce que raconte Albain. Il est tout pour elle. Dans ce tout, aucune ombre. Si Albain le dit, c'est que c'est vrai. En même temps, le poivre de la jalousie tombe en pluie sur le cœur de Prune. Parce que, Albain, ça fait combien de temps que tu la vois, cette dame ? Deux semaines ? Demain, c'est samedi. Tu m'emmènes avec toi à Saint-Sixte.

Prune est timide, émouvante, discrète. Il n'empêche que cette dernière phrase vient d'être énoncée sur le ton du commandement.

Mon Dieu, protégez-nous de ceux qui nous aiment.

Prune, à quatre pattes sur la glace, hésite entre le fou rire et la peur. Elle relève la tête. Albain est devant elle, ouvrant le chemin. Elle regarde ses grosses fesses et elle choisit le fou rire. Albain continue d'avancer. Il est contrarié. La dame des glaces qui les attend là-bas, au milieu du lac, elle sourit, d'accord, mais elle a dans ses yeux quelque chose de grave. Je me demande ce qu'elle va penser en découvrant la face hilare de Prune. C'est la première fois que je l'emmène ici, et c'est la dernière. Où est-elle la dame, où est-elle la source du beau sourire, ah voilà, on arrive, je devine la tache rouge de sa robe, le sourire donne une sacrée lumière, je l'aperçois d'ici.

Geai est bien là, et Albain la regarde, et Albain lui parle, il lui présente Prune, il est un peu gêné dans sa présentation, on dirait qu'il s'excuse de n'être pas venu seul, les vraies rencontres, c'est un et un, pas un et deux, enfin on fait comme on peut, et puis Geai aime les enfants, un enfant de plus, ça ne se refuse pas. Maintenant Prune fait la tête : elle ne voit ni n'entend personne sous la glace. Frigorifiée, ses vêtements en train de coller à la surface du lac, elle entend Albain, oui, mais elle n'entend que lui. C'est comme s'il était au téléphone. Elle écoute une conversation dont il lui manque la moitié. Elle veut bien faire des efforts. Elle patiente. Elle appuie son visage sur la glace mais ne voit jamais que de la glace. Bon, ça suffit. Elle se rapproche d'Albain et lui hurle dans l'oreille : tu ne te fous pas de moi, par hasard ? Albain, imperturbable, continue la conversation avec Geai. Il la continue ou plutôt il se hâte de la conclure. Et ils s'en vont, toujours à quatre pattes. Prune a mal aux genoux, mal aux mains, froid au nez. Albain entend une dernière parole de Geai : la rédaction, Albain, n'oublie pas la rédaction, si tu veux, je t'aiderai. Ils sont à cinquante mètres de la rive, à vingt mètres, à dix mètres. Prune est furieuse. Franchement, la sortie du samedi, c'est réussi, Albain. Je vais attraper la mort, moi. Il y a des choses qu'il ne faut pas dire. Il y a des choses, si on les dit, elles viennent. La mort passe le bout de son museau par le ciel bleu, juste un essai, une intimidation : elle fait craquer la glace, elle la fait s'effondrer sous le poids des enfants. À cinq mètres de la rive, ils plongent au fond des eaux noires. Prune attire Albain vers le bas, Albain lui donne des coups de poing, encore un mètre et ils ont pied, encore trente secondes de bagarre et ils sont sur la rive, sauvés, à jamais séparés.

Deux canards de huit ans sur deux chemins différents. Trempés, fiévreux, frôlant la pneumonie, ils rentrent, chacun chez soi. Prune raconte tout à ses parents. Le père de Prune rend visite au père d'Albain. Dites donc, votre fils est connu comme rêveur, il ressemble à sa mère, soit dit en passant, mais ce n'est pas une raison pour raconter des histoires morbides à ma fille et l'emmener dans un traquenard. La prochaine fois, je porte plainte. Quand on a des enfants, on les élève.

Albain, c'est fini, tu m'entends, c'est fini : plus d'excursions à Saint-Sixte. Et son père, fou de rage, dresse pour Albain une liste d'interdits longue comme les nuits d'hiver qui sont très longues.

— Fais-la pour moi, Albain.

— Hein, pardon ?

— Je dis : fais-la pour moi, cette rédaction. Écris pour moi.

— Mais qu'est-ce que vous faites dans ma chambre ? Vous n'êtes plus sous les glaces de Saint-Sixte ?

— Je m'ennuyais, Albain. Je m'ennuyais de toi depuis quinze jours. Puisque tu ne peux plus venir, je me suis dit que c'était à moi de me déplacer.

— Mais tout le monde va vous voir.

— Hélas non. Pour l'instant il n'y a que toi. J'ignore d'où tu tiens ce don. J'ai traversé la chambre de tes sœurs. Babille faisait un puzzle que Cogne s'acharnait à défaire. Elles ne m'ont pas vue. Elles ont seulement bâillé quand je les ai frôlées. Les gens bâillent toujours quand je passe à côté d'eux. C'est une petite nuit qui leur vient, un léger obscurcissement.

Elle est assise sur le rebord de la fenêtre, bien que cette fenêtre soit fermée. Elle a la moitié du corps de l'autre côté de la vitre, du côté froid, et son visage est tendu vers Albain, du côté maison, du côté chaud. Elle porte la même robe de coton rouge. Dehors il neige. C'est joli, ce rouge sur fond blanc. Albain est depuis une heure cloué à son bureau. Depuis une heure il se sert de sa pensée comme d'un tire-bouchon pour ouvrir la bouteille de papier blanc. En vain : le bouchon de silence refuse de partir — rien à dire sur un tel sujet, je n'ai rien à dire.

— Allez, Albain. Écris pour moi. Je lirai par-dessus ton épaule.

— Mais le maître nous demande d'inventer une histoire, et moi je ne sais pas inventer.

— Si c'est pour moi, tu trouveras. Quand on aime quelqu'un, on a toujours quelque chose à lui dire ou à lui écrire, jusqu'à la fin des temps.

— Qui a dit que je vous aimais ?

— Mais tu me vois, Albain. Tu me vois : il est impossible de voir quelqu'un — de ce côté de la vie ou de l'autre côté, peu importe — si on ne l'aime pas.

— Et vous, vous m'aimez ?

— Pourquoi crois-tu que je te parle ? Alors ?

— Alors, c'est d'accord. Je vais la faire, cette fichue rédaction.

La mère ouvre la porte de la chambre. Elle est revenue de Lyon où elle a passé quelques jours. Chez qui, pourquoi, comment — mystère. Ce qui est sûr, c'est qu'elle est revenue radieuse, chantante. Elle pose une main légère sur l'épaule d'Albain en train d'écrire. Sa main remonte dans les cheveux du garçon. À table, c'est prêt.

Et la mère sort en bâillant.

Albain n'a écrit que les deux premières phrases de sa rédaction. Pour la suite, il faudra attendre. Difficile d'écrire de jolies phrases quand on a le bras droit dans le plâtre et une cicatrice juste au-dessus des yeux, des lèvres d'ombre qui boivent tous les mots que vous pourriez écrire, qui vous donnent la migraine au bout de cinq minutes de lecture. Il paraît que cela passera. C'est ce que vient de dire le docteur. L'accident aurait pu être bien plus grave. Quel accident ? Le docteur lui raconte. D'abord il ouvre la fenêtre. Il fait trop chaud ici. Les hôpitaux sont toujours surchauffés. Ils font penser à ces mères — mauvaises à force de se vouloir bonnes — qui enterrent les nouveau-nés sous une épaisseur invraisemblable de couvertures, comme si, loin d'elles, leurs enfants allaient mourir de froid. Dehors il y a du lilas, des abeilles, du ciel bleu — pas le bleu vitrifié de l'hiver : le bleu délavé du printemps. Un bleu cent pour cent coton. Tu as dormi trois mois, Albain. On peut appeler ça dormir. Ce genre de sommeil est épuisant. Maintenant tu dois te reposer, trois mois encore, au moins. Et plus jamais de luge, promis ?

Les mots sont des boîtes d'allumettes, des boîtes comme celles dont se sert le père d'Albain dans son garage, pour le coin bricolage. Le père est un homme d'ordre. Il mène avec le désordre une lutte dont il ne sort jamais vainqueur. Il lutte quand même, avec des principes, des dictionnaires, des agendas, des étiquettes. Il a inventé une armoire avec des boîtes d'allumettes, gros format. Dans chacune il a enfoncé une punaise. Dessous la punaise il a mis une étiquette : vis, colle, rustines, élastiques. À chaque boîte, son objet. On les ouvre comme des tiroirs minuscules, des tiroirs pour nains. Le mot « luge » prononcé par le docteur, c'est comme si devant Albain on avait ouvert une boîte d'allumettes, gros format. Ce qui en sort, c'est la mémoire de l'accident.

On n'a pas idée de faire de la luge sur une pente encombrée de sapins. Il faut reconnaître que c'est un jeu de les éviter l'un après l'autre, de les frôler et de continuer à prendre de la vitesse. Un sapin a dû au dernier moment se déplacer. Voilà ce qui s'est passé. Sûrement. Cette colline, Albain la connaît par cœur. Cette descente, il la fait depuis des années, sans dommage. L'inclinaison de la pente, la place de chaque sapin, il connaît tout cela, il aurait pu faire la descente les yeux fermés. Voilà, ça lui revient : il a fait la descente les yeux fermés. Et un sapin s'est déplacé de quelques centimètres, la luge s'est écrasée dessus. Voilà exactement ce qui s'est passé.

J'ai mal à la tête, docteur. Je voudrais qu'on me laisse. Le docteur s'en va — en bâillant. Il a parlé à Albain avec des mots rassurants. Rien de tel pour inquiéter. Elle est agaçante, cette manie des adultes de s'adresser aux enfants en mettant plein de sucre dans leur langage — au lieu de parler simplement, comme ils font entre eux. Mais peut-être, entre eux, ne parlent-ils pas simplement. Quand on aime quelqu'un, on a des choses à lui raconter jusqu'à la fin des temps : pourquoi j'ai cette phrase dans la tête ? Si elle est vraie, cette phrase, alors il y a peu d'amour sur cette terre. Albain repense à une soirée au restaurant avec les parents. Ce devait être avant que le sapin renverse la luge. Albain regardait les tables voisines. La plupart des couples s'ennuyaient, attendant en silence la venue des plats, comme on attend le sauveur. Quand on aime quelqu'un, on a des choses à lui raconter jusqu'à la fin des temps. Pour ces couples-là, la fin des temps était déjà arrivée. Albain se tourne vers Geai qui est devant la fenêtre basse. Elle regarde les arbres dans la cour. Il ne voit pas son visage. Il sait qu'elle sourit. Cela se sent, cela donne un air soudain respirable à cette pièce. Pendant une seconde, Albain lui en veut, pense qu'elle aurait pu le protéger, comme les fées dans les livres. Puis il sourit à son tour. Il sait que les fées n'existent pas. Il n'y a que les morts et les vivants — et les morts, c'est comme les vivants, il ne faut pas trop leur en demander.

J'ai chaud, c'est incroyable ce qu'il fait chaud ici. À part ça, ça va. Je me sens bien, comme à l'hôtel, avec une morte qui m'a donné son sourire, qui n'arrête pas de me le donner. Je voudrais lui offrir quelque chose en échange. Pas forcément des mots. Je ne suis pas doué pour l'écriture. Cet accident m'arrange. Lire la notice sur la bouteille d'eau minérale me remplit le crâne de cailloux. Le docteur a dit que cela passera. Que cela passe ou non, je n'écrirai pas pour toi, Geai. Mais je te raconterai, oui. Je te parlerai sans fin. Il n'y a pas que les mots pour parler. La musique, ça te dirait ? Quand je serai sorti de l'hôpital, j'apprendrai un instrument. Le violon, tiens. Pour me venger des arbres qui bougent sans arrêt. Les violons, on les taille dans le bois des arbres, non ? J'ai envie de musique, Geai. J'ai envie de vivre, un peu de ce côté de la vie, un peu de l'autre côté aussi. J'ai mis mon pied dans une porte entrouverte. Je ne supporte pas les fermetures, les séparations, les boîtes d'allumettes avec des étiquettes dessus. Qu'est-ce que tu penses du violon, Geai ?

Elle n'en pense rien, Geai. Elle sourit, ce qui est bien plus sûr que penser. Ce qui va tellement plus loin, tellement plus avant.

C'est une vieille loi du monde, une loi non écrite : celui qui a quelque chose en plus a, dans le même temps, quelque chose en moins. Albain a quelque chose en plus : il voit Geai. Il est seul à la voir. Les morts ne sont pas si morts que ça. On pourrait dire la même chose des vivants. On pourrait dire que les vivants ne sont pas si vivants que ça. Personne ne tient vraiment dans une boîte d'allumettes grand format, avec une étiquette soigneusement calligraphiée fixée dessus : ici les morts, là les vivants. Ici et là se croisent et se mélangent à beaucoup d'autres choses. Le monde ne ressemble pas au coin bricolage du père. Le monde ressemble à la cabane de jardin du vieux Patate : une machine à écrire édentée y bavarde avec une toile d'araignée, une boîte de cachous veille sur une bague en ambre, deux réveils se disputent pour donner chacun son heure, une souris donne à manger à ses petits dans une perruque de laine blonde, des noyaux de pêche de vigne complotent au fond d'un bureau d'écolier. Le monde ressemble à la cabane où le vieux Patate s'enferme chaque après-midi pour une sieste coupée de bruits bizarres : des jurons, des bouts de prière et quelques rires, comme s'ils étaient une dizaine là-dedans, tout le monde parlant en même temps, personne n'écoutant personne. Le monde est une cabane de jardin, une chambre d'écho, un bazar.

Le monde est la chose qu'Albain a en moins : il n'y trouve pas sa place. Il l'a cherchée long-temps, jusqu'au jour où il a compris qu'il n'en a jamais eu. Cette révélation lui est venue à dix ans, un jour de cinéma paroissial. Sur l'écran, un gros et un maigre. Un vrai couple. Un vrai couple, c'est quand l'ensemble est plus résistant que chacun de ceux qui le composent. En fait, ils sont trois : il y a le monde, puis le gros et enfin le maigre. Le monde fait souffrir le gros qui à son tour fait souffrir le maigre. La vie res-semble à un film de Laurel et Hardy. Une chaîne de douleurs reçues et puis transmises. Qu'est-ce que vous voulez que je fasse là-dedans ? Rien dans cette histoire ne m'intéresse. Je n'aime pas les gros teigneux ni les maigres geignards. Je préfère le sourire de Geai ou l'étincelle dans les yeux de ma mère quand elle revient de Lyon. Je préfère ce qui n'est pas dans le monde, ce qui flotte légèrement au-dessus, je préfère ne pas entrer dans le monde et rester sur le seuil — regarder, indéfiniment regarder, passionnément regarder, seulement regarder.

Un problème appelle une solution. Il n'y a pas de solution pour Albain, puisqu'il n'y a pas de problème : ne pas être dans le monde n'est pas un problème — juste une grâce. La grâce est une chose inquiétante. Si les parents d'Albain mettent longtemps à s'inquiéter, c'est qu'ils ont cette prétention, commune à tous les parents, de connaître leur enfant. La réticence d'Albain à entrer dans un groupe, à se faire des amis, à ressembler aux enfants de son âge, ils la mettent sur le compte de l'accident récent. C'est la faute de la luge et du sapin. Le père a fait la leçon à Cogne : ton frère a la tête fragile, ne l'embête plus.

Albain n'est pourtant pas dans un état si catastrophique. Il ne faut rien exagérer. Il s'est bien reposé à l'hôpital. Tout va aujourd'hui pour le mieux, sauf là, autour du crâne : une ceinture invisible, des picotements parfois, une fourmi, une fourmi avec des chaussures de plomb qui fait sa ronde, entre l'os et la peau. Des migraines. Elles se déclenchent quand on met des épinards dans l'assiette d'Albain, quand il doit s'asseoir dans le fauteuil du dentiste, quand on envisage de l'envoyer pour un été dans une colonie de vacances. Migraine, mon amie. Migraine, vilaine sorcière, jolie veilleuse. Migraine, migraine, que vois-tu venir ? Je vois venir des choses qui ne te plairont pas. Je les vois avec un peu d'avance et je t'en préviens : ne va pas là, n'écoute pas ces paroles, fuis ces gens. Migraine, migraine, tu m'embêtes et tu me rends service. Je me fie à tes conseils même si je ne les comprends pas. Tu m'enlèves un peu de joie, c'est entendu, difficile de rire avec une fourmi dans la tête. Mais tu me donnes beaucoup aussi, tu me protèges du monde.

Les vieilles lois du monde se lisent à l'envers aussi bien qu'à l'endroit : celui qui a quelque chose en moins a, dans le même temps, quelque chose en plus.

Est-ce qu'un sourire peut changer le cours d'une vie ? Voilà une bonne question. La preuve : elle continue de vivre bien après que l'on y a répondu, que cette réponse soit oui ou qu'elle soit non. Elle se moque de sa réponse. Elle file, vagabonde, musarde, bat des ailes — papillon de la question insoucieux du filet des réponses. Est-ce qu'un sourire, sachant qu'il ne dure jamais qu'un dixième de seconde, est assez solide pour y bâtir sa vie entière, des années et des années ? Pas de réponse, au diable les réponses, au diable les années et les années.

Du temps a passé. Combien ? Je dirais : cinq, six ans. C'est l'été. Albain file à vélo sur la route. Il ne craint plus les chutes. Il ne craint plus grand-chose. Ils sont toute une bande de filles et de garçons à rouler à vélo, en direction du lac de Charavine. Personne, jamais, ne s'est mis à sourire du fond des eaux de Charavine. Ce sont des eaux vert et bleu, sans histoire. Idéales pour la baignade. Il fait chaud, très chaud. La terre est comme une châtaigne dans une poêle. Elle se fendille de toutes parts. Le goudron fond et fume. Chaque garçon a son amie assise sur son vélo, près du guidon ou sur le porte-bagages. Albain est seul sur son vélo mais on en a l'habitude. C'est Albain. Il est si paisiblement seul, si lumineusement seul que les filles le regardent souvent. La solitude parfois repousse : le vieux Patate, personne ne vient le voir. Et la solitude parfois attire. C'est qu'il y a autant de solitudes que de lacs. On devrait pouvoir prévenir les gens, mais on ne le peut pas — et puis ils ne vous écouteraient pas. On devrait dire à ces jeunes filles que c'est très beau d'aller vers un solitaire, que cela donne des frissons comme d'approcher un animal sauvage et doux. Le malheur c'est que, si vous réussissez à attraper un solitaire, vous le perdez : il n'est plus seul. Ce qui brillait autour de lui commence à s'éteindre. Les vers luisants sont fascinants dans le ciel plein d'herbe des bas fossés. Dans le creux de la main, ils n'ont presque plus de charme et ne donnent qu'une lumière pauvre, avare. Certaines choses et certains êtres ont besoin de la distance qui les sépare de nous, et que cette distance demeure infranchissable. Ils y puisent leur nourriture. On devrait dire des choses comme ça aux jeunes filles. Elles n'en tiendraient aucun compte mais, bon, on l'aurait dit. D'ailleurs il y a plus simple : on montrerait Albain sur son vélo et on dirait : regardez bien. Regardez longtemps. Il n'est pas si seul, Albain : Geai est assise sur son porte-bagages. Une jeune femme en robe de coton rouge. Souriante. Évidemment souriante.

C'est un dimanche matin, l'heure de la messe. Les parents et les sœurs d'Albain sont assis au fond de l'église. Une partie du village est avec eux, la partie la plus vieille. Cette histoire-là, qui a commencé il y a deux mille ans, connaît ces temps-ci sa fin, ou plutôt une de ses fins : l'histoire elle-même est inépuisable. Il y a deux mille ans, quelqu'un marche au bord d'un lac qui n'est pas le lac de Saint-Sixte, qui est un lac de Palestine. Ce quelqu'un dit en passant des paroles nettes, claires, imprégnées par la lumière du lac. Ce ne sont pas des paroles compliquées. Un enfant les comprendrait toutes. Elles sont dites pour que les enfants les comprennent. Deux mille ans plus tard, elles tombent sur les têtes de vieillards un peu sourds, dans les odeurs d'encens et de fleurs fanées. L'assistance s'agenouille pendant que le prêtre lève une hostie ronde et pâle comme une lune. Tous s'inclinent sous le poids de leurs fautes passées et à venir. Cogne jette un œil, relève la tête pour voir ce qu'il est interdit de voir à cet instant. Elle ne voit rien. Elle s'ennuie. C'est un prodige que d'ennuyer un enfant avec des paroles qui ne portent que du neuf et soulèvent le monde comme un brin de paille. Ce prodige est accompli chaque dimanche. Les enfants — et ceux qui, de façon obscure, gardent en eux le feu de l'enfance : les génies et les idiots — n'ont plus rien à entendre dans les églises. Plus rien ne s'y dit qu'une fatigue de deux mille ans. Albain n'est pas à la messe. Ce n'est plus vraiment un enfant. Il serait exagéré de voir en lui un génie. Les notes accumulées au collège témoignent contre lui, vont plutôt dans l'autre sens. Alors, un idiot ? Difficile à dire. Pour faire un idiot dans un village, il faut beaucoup de talent. Cela ne s'improvise pas. Certes, à la différence des garçons de son âge, Albain ne « fréquente » aucune fille. On ne le voit pas non plus dans les cafés. D'ailleurs on ne le voit presque jamais. Dès la fin des cours, il s'en va dans les prés avec Geai. Assis en tailleur dans les pâquerettes, il joue des airs sur son violon. Celui qui donne un concert pour des vaches, il n'est pas franchement loin de l'idiotie, non ? Il y a mieux — ou pire, comme on voudra : Albain parle à voix haute sur les chemins. Seul. Il parle comme si quelqu'un était à ses côtés, sauf qu'on ne voit jamais personne à ses côtés. Encore un détail, sans doute le plus inquiétant : plusieurs fois dans la semaine, Albain entre dans la cabane du vieux Patate, et les deux se mettent à converser. N'est-il pas idiot, celui qui se plaît dans la compagnie d'un idiot certifié ?

C'est l'instant de la communion. Le prêtre tend l'hostie transparente à ses paroissiens. Il retient mal un bâillement. Geai est là, appuyée contre un pilier, près du maître-autel. Elle regarde les vivants manger un Dieu auquel ils ne croient guère.

La mère a prié pour son fils, pour que son fils aille sur des chemins plus sûrs. La mère se sent coupable. Un peu coupable. J'aurais dû le secouer quand il était temps. Il est trop passif, voilà ce qu'il y a. J'aurais dû me méfier d'un bébé trop confortable. Des heures le nez dans l'herbe. Si on regarde une chose trop long-temps, on devient cette chose. Son cœur est comme de l'herbe. Le vent le pousse loin des filles et des études. Le vent le porte près des vaches et du vieux Patate. L'accident de la luge a peut-être abîmé quelque chose dans sa tête. Mon Dieu, bougez-vous, aidez-moi. Je ne sais plus comment prendre mon fils, comment le reprendre pour le poser ailleurs que sur de l'herbe. Il faudrait que je demande à mademoiselle Soretoza. Il a l'air de l'aimer. Mais qui n'aime-t-il pas ?

Mademoiselle Soretoza ne s'appelle pas mademoiselle Soretoza. Ce nom sort d'un livre qu'Albain a lu, enfant. C'est le nom d'une autruche prétentieuse, une ballerine insupportable. Albain a détaché ce nom du corps de l'autruche et l'a délicatement mis sur le corps de son professeur de violon, une jeune femme d'une trentaine d'années, d'origine roumaine. Soretoza, ça fait roumain, non ? Elle a connu Albain petit. Elle l'a vu grandir, se frayer un chemin dans les broussailles du solfège. Les cours sont donnés dans la salle à manger de la maison d'Albain, chaque samedi après-midi, pendant que les parents et les sœurs partent à la grande ville acheter les provisions de la semaine. Dans ce qu'Albain joue, il est impossible de surprendre une goutte de Mozart ou de Bach. On ne transmet que ce qu'on aime. Mademoiselle Soretoza n'aime que la musique tzigane. Il y a de la douleur et de l'innocence dans cette musique-là. Les parents laissent faire. Pour une fois qu'Albain apprend quelque chose. Au collège, il fait des efforts visibles, considérables, remarqués. Mais c'est à croire que le trou dans la tête ne s'est pas complètement refermé : géographie, sciences naturelles, poèmes, mathématiques — tout ce qui entre dans le crâne d'Albain s'en évade quelques heures plus tard, remplacé par de violentes migraines. Alors, va pour la musique tzigane : au moins, là, il y a des progrès.

Ce samedi est jour de fête. Albain a dix-sept ans depuis le matin. Les parents, Prune et Cogne montent dans la voiture. Mademoiselle Soretoza est invitée à dîner ce soir. Est-ce la faute au printemps, est-ce une diablerie du violon tzigane, allez savoir : la leçon de musique ne dure que quelques minutes. Mademoiselle Soretoza tire les rideaux bruns devant la fenêtre, enlève un à un ses vêtements et s'approche d'Albain béat, illuminé. Un bel anniversaire, vraiment. De la joie donnée, reçue. Un soleil de joie dans la salle à manger remplie de pénombre. Geai n'assiste pas à ce cours-là. On a sa pudeur.

À l'instant où la maîtresse et l'élève fondent de délice, la porte s'ouvre, jetant un rai de lumière sur la nudité d'Albain et sur celle de mademoiselle Soretoza. Toute la famille est là, dans l'encadrement de la porte. Le père porte à bout de bras un violon en chocolat, commandé la veille dans une pâtisserie. Ils ont voulu faire une surprise à Albain. La surprise est parfaite. La surprise est pour tout le monde. Le silence qui régnait dans la salle est maintenant traversé de bruits. La mère rit, le père élève la voix, Prune s'enfuit en hurlant et Cogne demande à Albain : pourquoi tu te bats avec le professeur ?

Le calme revient un peu plus tard. La mère, sans le dire — ce qu'elle ne dit pas s'entend à deux kilomètres —, pense tout le bien possible de cet incident. C'est une première expérience pour Albain et, pour ce que j'en ai entrevu, mademoiselle Soretoza est une fille ravissante. Peut-être cet événement réveillera-t-il Albain. Elle se trompe. La douceur de cet après-midi n'a pas sorti Albain de sa nonchalance. Elle l'y a enfoncé encore plus. Vous posez Albain quelque part, il y reste, il y trouve sa joie et, d'où qu'elle vienne, il s'en contente, il ne bouge plus. La moindre joie ouvre sur un infini. Il s'en tient là, à l'infini partout donné. On a payé deux mois de cours à mademoiselle Soretoza et on lui a interdit de revenir à la maison. C'est égal. Albain se sert assez bien du violon pour enchanter vaches et sauterelles. Et Geai elle-même. Et Geai surtout.

Joyeux anniversaire, Albain.

Chercher, chercher, chercher — ils ont tous ce mot à la bouche. Tu ne devrais pas rester seul, tu devrais chercher quelqu'un, une petite qui te plairait, ça doit bien se trouver. Tu devrais chercher du travail, tu ne vas quand même pas passer ta vie à ne rien faire. Le violon, c'est bien joli, mais ça ne nourrit pas son homme. Si tu y tiens, lance-toi dans la musique, va dans une grande ville, renseigne-toi, cherche un groupe de musiciens qui t'accueillerait, même la musique de rue, pourquoi pas, c'est un début comme un autre. Lance-toi, cherche, trouve. Qu'est-ce qu'ils ont à me parler comme ça ? Si encore il n'y avait que les parents. Je l'ai remarqué : le premier venu, au bout d'un quart d'heure, ressent le besoin pressant de m'expliquer ce que je dois faire et comment il faut le faire. Je dois attirer ça. C'est de moi qu'ils parlent — et on dirait des garagistes parlant d'une voiture affectée de quelques défauts : ne vous inquiétez pas, ce n'est pas grave, quelques modifications et ça repart. Je les aime bien, tous ces gens. Aussi longtemps qu'ils parlent, Geai et moi on les écoute et on sourit gentiment. Oui, oui, oui. Je dis oui à qui veut entendre oui. Au début, ça les rassure, ensuite, ça les énerve. Ils me reprochent de dire oui et de ne tenir aucun compte de leurs conseils. Je ne fais pourtant rien de méchant puisque je ne fais rien. Je dors, je marche, je parle au vieux Patate et je joue du violon au milieu des fougères et des digitales pourpres. Là au moins je suis tranquille. Les digitales pourpres sont réputées pour attirer les vipères, mais Geai éloigne les vipères. Bon, je n'ouvre pas de livres, je ne vais plus au lycée, je ne fréquente personne, je ne travaille pas. Et alors ? Dis-moi, Geai, de l'autre côté de la vie, on vous demande aussi de faire quelque chose, de trouver un travail, de vous marier, on vous fait aussi la leçon, de l'autre côté ?

Rien ne dure. Rien n'est là pour l'éternité, et le bonheur d'Albain peut d'autant moins durer qu'il devient contagieux. Là où il n'y a qu'un fou, tout le monde est certain de ne pas l'être. Là où il y en a deux, trois, cinq, douze, plus personne n'est à l'abri, plus moyen de savoir qui est qui. Albain plaît aux enfants du village. Il leur plaît tellement qu'un soir d'été, au clair de lune, une douzaine d'entre eux, en pyjama, assis dans l'herbe humide, écoutent Albain donner un récital de violon. Ce soir est un des plus beaux de la vie ou de la mort — difficile à préciser — de Geai. Devant les frimousses peintes en bleu par l'éclat de la lune, elle retrouve la gaieté de son travail d'institutrice. Albain et son violon ont rassemblé pour elle une école de belle étoile, une classe d'insomniaques.

Albain est arrivé le premier. Il emportait des couvertures et des gâteaux. Les enfants, comme convenu, se sont laissé mettre au lit par leurs parents. Ils ont attendu que les douze coups de minuit sonnent à l'église du village. Ils sont sortis, qui par une porte, qui par une fenêtre. Ils se sont rassemblés en silence devant l'école, puis ont rejoint Albain à travers les prés, les plus grands rassurant les plus jeunes, le plus vieux, dix ans, ouvrant le chemin avec une lampe torche.

L'herbe est un peu fraîche, des insectes courent sur les jambes des enfants, le meuglement des vaches dans la nuit donne des frissons, peu importe : la fête est réussie. Il y a de la musique. Elle monte dans le ciel comme une flamme. Et il y a des chansons inventées par Albain. Le premier couplet fait se tordre de rire les enfants — sauf le petit Olivier :

> *Olivier a peur du noir*
> *Il tombe dans l'encrier*
> *Et se met à crier*
> *Car c'est de l'encre noire*

Le second couplet recueille toutes les faveurs, sauf celles de Josette :

> *Josette tombe à l'envers*
> *Du côté de l'hiver*
> *Elle aurait bien moins froid*
> *En tombant à l'endroit*

Chaque couplet porte le nom d'un des enfants présents. Le troisième est consacré à Lucien. On ne saura jamais dans quoi Lucien peut tomber : les parents surgissent dans la clairière, ramassent leur progéniture par le fond de la culotte de pyjama. Les claques volent, la lune pâlit, le violon tombe.

Vous prenez une chose. Ou plutôt, c'est cette chose qui vous prend. Cette chose s'appelle une fin. C'est du moins ainsi qu'elle se présente à vous. Tout ce qu'elle touche en vous adopte une teinte sombre. Quelque chose se termine, et ce quelque chose, c'est vous-même. C'est inquiétant. Ce serait inquiétant si vous ne pouviez deviner, dans la chose qui finit, une autre chose qui commence. Albain a ce don-là, cette agilité du regard.

Ce qui prend fin est la rente d'Albain. Deux idiots dans un village, c'est un de trop. Le vieux Patate bénéficie de l'âge. Albain attendra avant d'accéder au statut d'idiot officiel. Albain commence à devenir dangereux pour nos enfants. Son violon les a sortis une fois du droit chemin, du bon sommeil. Qui sait, il pourrait lui reprendre la fantaisie d'aller danser l'hiver prochain sur les glaces de Saint-Sixte — et avec nos enfants à nous. Pas question. Il faut qu'il parte.

Dans les conversations du village, le nom d'Albain devient celui d'une maladie. Les symptômes en sont une gaieté sans cause, une paresse sans fond, un goût pour les choses inutiles comme le violon, une façon de raconter des choses incroyables comme si on y croyait. Le remède est bientôt trouvé. Le remède s'appelle l'affreux. L'affreux est le nom qu'Albain a donné à un représentant de commerce, ami du père. Il y a trois semaines, on l'a présenté à Albain. Cette fois-ci, c'est décidé : Albain partira en stage avec l'affreux. Un premier travail mettra un peu d'ordre dans une tête qui en manque trop. L'affreux a une voiture. Il rayonne sur trois départements. Rayonner, c'est son mot. Un drôle de mot pour un homme aussi gris. Du vin, des encyclopédies, des jouets, des tableaux, l'affreux a déjà vendu beaucoup de choses. Aujourd'hui, des casseroles. Va pour les casseroles. L'affreux accompagnera Albain pendant quelques mois. Il lui apprendra le métier. Albain passera son permis de conduire. D'ici un an, peut-être moins, il pourra vendre toutes sortes de choses — seul. Et tu pourras monter en grade, précise l'affreux qui n'a pas franchement l'air d'être jamais monté en grade.

La voiture démarre. La vitre du côté d'Albain est ouverte. La vitesse de la voiture et l'humidité des sapins brassent un air frais, une soie de fraîcheur qui enveloppe la tête d'Albain. Cela me rappelle quelque chose, mais quoi ? Ah oui, le corps de mademoiselle Soretoza quand elle me laissait le caresser lentement partout.

Saint-Sixte s'éloigne. Le violon est dans le coffre. L'affreux n'arrête pas de bâiller.

Une chose prend fin, une autre chose commence et c'est la même qui continue, autrement.

Tu sais, petit, pour vendre il faut se vendre. Il faut y aller à fond, à bloc, à vif. Crois-en mon expérience. Quinze ans que je suis dans le métier et je continue de mouiller ma chemise tous les jours. À fond, à bloc, à vif. J'adore ça. La vente, ce n'est pas du commercial, c'est du passionnel. Si tu ne comprends pas ça, tu ne comprends rien. C'est facile de vendre de l'eau à celui qui est dans le désert. Tout le monde peut faire ça. Le vrai représentant, c'est celui qui vend du sable aux Touareg. Pour ça, il faut croire à ce qu'on vend et à ce qu'on est. À fond, à bloc, à vif. Une affaire de vie ou de mort. Ce que tu vends, c'est ce que tu es. Ce que tu es, c'est ce que tu vends. Ma peau, mon temps, les traites de ma maison : c'est tout ça qui brille au fond de mes casseroles — qui rutile, qui chante, qui appelle. Je t'ai regardé faire pendant ces six mois. Demain tu commences seul. Je t'aime

bien, petit. Je t'aime bien mais tu vas à la catastrophe si tu ne retiens pas cette leçon, quinze
ans de sagesse : pour vendre il faut se vendre.
Toi, on dirait que tu es gratuit. Du coup on se
méfie. Tes casseroles, elles pourraient être en
or : quand tu parles, on sent que tu n'y crois pas.
Même si tu les donnais, on n'en voudrait pas.
Tu es trop calme, trop lent, trop gentil, trop
tout. Avec toi mon chiffre d'affaires a baissé. Ce
n'est pas un reproche, c'est une constatation.
Maintenant je te lâche. Tu as le fichier, les
adresses. À toi de faire tes preuves. Écoute-moi
bien une dernière fois. Bouge-toi. C'est ta maladie, ton vice, ta faille : tu ne bouges pas assez.
Je l'ai remarqué : tu ne t'assieds pas sur les cana-
pés, tu t'y effondres. Je ne veux pas te vexer,
mais la plupart des clients bâillent quand tu leur
parles. Et je dis bien : quand tu leur parles —
parce que souvent tu te contentes de sourire.
On ne dirait pas que tu es là pour leur vendre
quelque chose. On dirait que tu es venu prendre
l'apéritif. C'est bien, le sourire, c'est un bon
point pour la vente, mais il faut parler aussi,
argumenter, discuter, plaisanter, convaincre. À
fond, à bloc, à vif. Tu souris et tu écoutes.
D'accord, il faut savoir écouter un peu — mais
à ce point-là, c'est de la folie. On n'est plus dans
les affaires, on est au confessionnal. J'ai parfois

eu l'impression que c'est le client qui allait te vendre quelque chose. Tu me diras, quand on s'en va, ils sont contents. Oui, ils sont contents mais ils n'ont pas acheté une seule casserole. Tu vas le gagner avec quoi, ton pain ? Avec ton violon ? C'est joli, ton violon — même s'il nous a valu de quitter deux fois un hôtel avant l'heure. Les sérénades au clair de lune, ça n'est pas du goût de tout le monde. Ce n'est pas un reproche, c'est une constatation. J'aimerais que tu joues de la casserole comme tu joues du violon. Je ne t'en veux pas. Tu fais un compagnon agréable. Au début, je me suis dit : il plaît aux gens, il a le don, il va faire un malheur. Aujourd'hui je me dis que les gens, tu les aimes alors qu'il faudrait les séduire. Ce n'est pas pareil, tu comprends, ce n'est pas du tout la même chose. On n'est pas dans la romance. On est dans la navigation au long cours, on va à la pêche au gros. Les gens, il faut les attirer, les ferrer, les amener dans la nasse. Toi, tu les aimes trop. Tu les aimes tellement que tu n'as plus rien à leur vendre. J'ai eu le fabricant au bout du fil, hier soir. Six mois que je le fais patienter. Là, je ne peux plus. Il faut comprendre : les casseroles, c'est sa vie. Il te donne une chance, la dernière : tu as trois mois pour te faire une clientèle. Trois mois, pas plus. Je ne suis pas chien : je te donne

une partie de la mienne. J'aimerais que tu réus-
sisses, petit. Tes parents m'ont écrit. Ils s'in-
quiètent pour toi. Regarde-moi. Je me suis fait
tout seul. Ma maison, tu la connais. Je l'ai
construite avec le pourcentage sur les ventes.
Elle est pas belle, ma maison ? Et la piscine, tu
l'as vue, la piscine ? Elle ne te fait pas envie ?
Allez file, petit. Fonce. Et n'oublie pas : à fond,
à bloc, à vif.

Non, je n'ai pas envie d'une piscine. Est-ce que j'ai seulement envie de quelque chose ? J'ai tout. Chaque matin j'ouvre les yeux et je me découvre milliardaire : la vie est là, discrète, bruyante, colorée, petite, immense. Le chaos, les siècles et les étoiles ont bâti cette merveille pour moi, pas que pour moi, bien sûr, mais est-ce ma faute si je sais reconnaître un cadeau, si je ne fais pas grise mine devant ce trésor, est-ce ma faute si je n'ai pas le goût de faire le tri et si tout me vient comme une chance, même les migraines, même cette douleur au gros doigt du pied gauche ? Je n'aurais pas dû entrer dans ce champ pour cueillir des coquelicots. Je le savais, pourtant : les coquelicots, il faut les aimer avec les yeux, pas avec les mains. Dans les yeux, ils flambent. Au bout des doigts, ils fanent. Le taureau a bien failli m'attraper. Geai riait, assise sur la barrière. Je me suis tordu le pied en sautant par-dessus les barbelés. Maintenant j'ai du mal à marcher — mais bon, ça passera, et puis me reste l'image princière, l'image du taureau noir dans le feu rouge des coquelicots, encore un cadeau. Vraiment, j'ai tout. Pourquoi aurais-je envie de quelque chose de plus ? Y a-t-il quelque chose de plus que tout ? Comment disait-il, l'affreux, ah oui : il « en veut ». Il faut « en vouloir ». À fond, à bloc, à vif. Moi je n'en veux de rien. Je ne comprends rien à ce monde. J'adore regarder ce monde auquel je ne comprends rien. Le regarder et l'écouter. Les bruits lointains d'une cloche d'église. Dieu qui joue du triangle. La sorcière qui sort du violon dès que j'en pince les cordes. La voix de Babille au téléphone, amoureuse, la même voix qu'à cinq ans. Il a raison, l'affreux : j'aime les gens. J'aime toutes sortes de gens — les vivants, les morts, les arbres, même les taureaux. Je regarde, je vois, j'aime. Et en plus — il se trompait là-dessus, l'affreux —, en plus, je vends des casseroles. Je crois même que j'en vends beaucoup. C'est ce que m'a dit le fabricant, réjoui. Il m'a demandé ma méthode. Il n'a pas compris la réponse : mes migraines. Je ne reste pas plus de cinq minutes dans un appartement où j'ai des migraines. Je montre mon catalogue, je sors une casserole de mon sac et je file, sans insister.

Quelque chose, là, n'est pas pour moi. Quand je n'ai pas mal à la tête, je peux rester des heures. Un verre à la main, j'écoute mon client. J'écoute, je vois, j'aime. Je ne pense plus aux casseroles. C'est le client qui me rappelle ensuite mon travail, qui insiste pour acheter — en remerciement, on dirait, pour marquer la douceur de cet après-midi, quelques heures calmes à parler de tout et de rien. J'ai même parfois refusé des ventes. Il y a des maisons où l'argent ne pousse pas, où le malheur tombe par une fissure du toit. Dans ces cas-là, je triche. Je n'évoque pas la possibilité d'un crédit et j'invente pour les casseroles des prix si élevés que même un fou n'en voudrait pas. Le vrai bonheur, ce n'est pas la promesse de vente, le contrat signé. Le vrai bonheur, c'est ça : un visage inconnu, et comment la parole peu à peu l'éclaire, le fait devenir familier, proche, magnifique, pur.

Voir, entendre, aimer. La vie est un cadeau dont je défais les ficelles chaque matin, au réveil. La vie est un trésor dont je découvre le plus beau chaque soir, avant de fermer les paupières : Geai assise au pied du lit, souriante.

Aujourd'hui, deux rendez-vous. Annoncés, préparés. Les migraines ne sont qu'une partie de la méthode d'Albain. Il ne se sert pas du fichier d'adresses donné par l'affreux. Il a vu l'affreux travailler, sa manière d'épuiser le client et de l'étourdir de mots. Avec l'affreux, les gens sortent leur carnet de chèques par lassitude ; qu'enfin disparaisse ce bonhomme maigre avec cette joie artificielle dans sa parole, pénible. Pour retrouver paix et silence, tout le monde est prêt à acheter une douzaine de casseroles de tailles différentes. Albain s'en aperçoit très vite : là où l'affreux est passé, plus aucune vente n'est possible. Aucun soin pour la terre retournée : l'affreux aurait fait un mauvais jardinier.

Albain procède plus sagement, même si la sagesse n'y est pour rien. La paresse est une explication plus sûre. J'aurais aimé trouver un mot plus noble pour dire le mouvement d'Albain, le mouvement calme et distrait de sa vie, de chacun de ses jours, que dis-je : de chacune de ses secondes. J'aurais aimé un mot plus distingué. Je ne vois que celui-là : paresse. La vie est comme le cours d'un fleuve. Albain n'est pas un bon nageur. Il ne cherche pas l'exploit et tout lui semblerait un exploit : travailler durement, respecter des horaires et penser à l'avenir — autant de sources de migraine. Albain dans l'eau fuyante des jours ne nage même pas à contre-courant, à peine s'il nage, disons qu'il fait la planche — une feuille détachée de l'arbre, épousant chaque mouvement de l'eau, flottant, dansant. Regardant, écoutant, aimant. Ce qui est bon pour l'affreux ne pouvait l'être pour lui. Ce qui est bon pour lui, c'est d'aller lentement, en regardant les vitrines de magasin, jusqu'à la poste, de chercher une chaise, une table et un annuaire, de lever régulièrement les yeux sur la postière et, entre deux rêves, de noter dans un cahier d'écolier les noms qui lui chantent, les noms qui le font sourire, ainsi que les numéros de téléphone qui les suivent. Ensuite, appeler et se laisser guider par les voix. Une fois sur dix ou sur vingt, annoncer une visite pour le lendemain.

Ce matin, deux personnes attendent Albain et ses casseroles. Un prêtre et un fabricant de bouchons. Leurs maisons se trouvent à cinq cents mètres de l'hôtel d'Albain. Ces cinq cents mètres ne seront, de toute la matinée, traversés par aucune casserole, aucun Albain. Il a trouvé mieux. Il a trouvé ce qui était sous ses yeux, au réveil, après l'ouverture des fenêtres de sa chambre. Un marronnier. Un marronnier gigantesque, respirant, bourdonnant. Albain a pris son petit déjeuner devant l'arbre. Le petit déjeuner a duré une dizaine d'heures. Mon Dieu, comme cette vie est belle et comme elle est bien faite : en nous, quelque chose a faim. Au-dehors, une quantité infinie de nourriture, plus que de raison.

Albain était arrivé de nuit à l'hôtel. Les arbres dans la nuit sont comme des gens râleurs dans une foule. On ne comprend pas ce qu'ils disent. On ne distingue aucun détail, on passe sans s'attarder. Les arbres dans le noir ressemblent à des enfants boudeurs, peu attachants. Mais dans le jour, quelle splendeur ! Le marronnier devant lequel Albain mange son croissant au beurre est un chef indien, un maître international des échecs, un génie de la musique, un chef-d'œuvre de la littérature. Corpulent, agile, il danse sur place, joue, fredonne, écrit. Ce marronnier est dans le sein de Dieu. Il tutoie les plus grands dans la hiérarchie céleste. Il mérite bien une pause de quelques heures dans cette chambre d'hôtel. Tout passe, c'est entendu. Tout passera, cet arbre comme le reste. Il n'y a guère que pour les casseroles que l'on peut annoncer une durée de vie certaine de dix ans — à condition de n'utiliser pour les nettoyer aucun produit abrasif. Tout passe et passera, les yeux d'Albain comme la feuille mordorée à l'extrémité de cette branche. Laissons l'éternité — une éternité relative de dix ans — aux casseroles. Donnons notre amour à ce qui passe et ne reviendra plus dans la lumière de ce jour-là. Le prêtre et le fabricant de bouchons n'auront pas aujourd'hui le loisir de contempler leur visage dans le fond d'une casserole briquée. Albain a un client plus important, un client qui demande beaucoup de temps, un arbre couvert de ciel et de lumière.

Geai est aux côtés d'Albain, devant la fenêtre. Le vivant et la morte regardent le marronnier. Le sourire de Geai a perdu de son intensité. Il est moins prononcé que d'habitude. Geai, devant l'arbre, reconnaît quelque chose de la vie qu'elle n'a plus. Cette reconnaissance s'accompagne d'un rien de mélancolie.

Si Albain le voulait, en se penchant par la fenêtre, il pourrait toucher une branche du marronnier, saisir une feuille. Mais Albain ne le veut pas, Albain ne songe pas à le faire, Albain est comme quelqu'un qui aimerait tout et ne tiendrait à rien, Albain n'éprouve pas le besoin de prendre ce qu'il aime. Voir, entendre suffisent à l'amour d'Albain. Un tel amour est comme la neige et comme l'oubli. Le marronnier, admiré pendant une journée entière, est quitté sans effort. Le père qui poussait chacune de ses filles-feuilles dans la lumière, le savant qui entretenait avec le vent une conversation chiffrée, l'ange aux ailes vertes — c'est de tout cela qu'Albain s'éloigne quand il quitte le marronnier, c'est l'inoubliable qu'il oublie.

Hier le marronnier, aujourd'hui ce lavoir du XIIᵉ siècle à la sortie d'un village. Un bloc de pierres moussues. Albain a arrêté sa voiture pour mieux le voir. Un client lui en avait parlé. Ce lavoir est noté dans les guides. Tout pourrait être noté dans les guides, absolument tout. Si Albain écrivait un livre des merveilles du monde, ce livre serait aussi grand que le monde. Il ne l'écrira pas, par paresse, seulement par paresse. La vision de vieilles pierres est douce aux yeux. Aujourd'hui le lavoir sert de refuge aux araignées. Hier — au XIIe siècle — des jeunes femmes venaient y tremper des chemises de lin blanc à larges manches, des enfants y jetaient des pierres, une sainte y a rafraîchi ses mains. Hier, si jeune qu'il fût, n'est plus. Aujourd'hui est là, qui passe en beauté. Aujourd'hui Geai a grimpé sur le bord du lavoir. Elle en fait le tour, bras tendus, comme les enfants quand ils s'appliquent à marcher sur la fissure d'un trottoir, s'interdisant d'aller à gauche ou à droite, comme si le vide les menaçait, le risque d'une chute aux enfers. À propos, Geai, sais-tu ce qu'est l'enfer, s'il y en a un ? demande Albain. Il est d'humeur badine, ce matin. C'est un jour sans migraine, un jour qu'il se donne, qu'il donne au lavoir et à Geai, un jour sans casseroles. La voiture brille sous le soleil. Des vaches font la sieste dans un pré. Albain est d'humeur frivole, il fait de la philosophie, rien n'est plus frivole que la philosophie. Donc je te demande, Geai, si l'enfer existe. Je ne t'interroge pas sur le paradis, je sais où il est, ce qu'il est : ici, maintenant. L'enfer, dit Geai, c'est la même chose : ici, maintenant — et elle pointe un doigt en direction d'un hangar en bordure du chemin. Un toit en tôle ondulée, des murs plus petits qu'un homme. Albain s'approche, entend les hurlements. L'odeur est forte, âcre. Une porcherie industrielle.

Ce n'est pas la peine de réfléchir pour faire les choses. Il est même préférable de ne réfléchir qu'ensuite, si on veut de temps en temps faire une chose, vraiment la faire. C'est en remontant dans sa voiture qu'Albain connaît ce qu'il a fait, et qu'il l'a fait au mieux : quelques portes à ouvrir, des verrous à faire sauter et voilà, éparpillés dans les champs, des dizaines de porcs, giclant dans la lumière, ivres d'une lumière qu'ils ignoraient, qui n'est plus celle des néons.

Le fabricant d'aliments pour chats est fier de sa maison. Très fier. Il en parle avec de l'amour dans sa voix. J'ai tout fait pour elle, tout. Je n'y suis vraiment que les dimanches. Le reste du temps, je suis dans mon usine. J'ai trente employés. Ils peuvent se permettre de quitter leur travail à six heures du soir, moi je n'ai pas d'heures, je ne rentre jamais avant neuf heures du soir. Les vrais esclaves, cher monsieur, ce sont les patrons. J'arrive le matin à l'entreprise, toujours le premier, je pousse la porte et voilà, j'ai déjà dépensé un million de centimes : je suis accablé par les charges, les impôts, les taxes. Ma joie, c'est cette maison. Tous les trois ans je fais construire une pièce nouvelle. Tenez, cette piscine, elle est de l'an dernier, vous ne devinerez jamais combien elle m'a coûté, allez, dites un chiffre pour voir.

Le fabricant d'aliments pour chats regarde

Albain, attend la réponse. Silence. Dans ce silence, le fabricant d'aliments pour chats fronce les sourcils, se saisit d'une sorte de râteau avec lequel il enlève une aiguille de pin flottant sur l'eau. Il ne sait pas, Albain. Il n'a aucune idée du prix des choses. Combien coûte un peu d'eau chlorée, c'est aussi difficile à dire que d'estimer la valeur d'une étoile, d'un lavoir ou d'un marronnier. Eh bien mon cher monsieur, cela coûte une fortune. Je l'ai fait pour les enfants. Et la pelouse, vous avez vu la pelouse ? Plus fine qu'une moquette. La terre ici est ingrate. Le soleil cogne. J'ai un jardinier qui passe toutes les semaines. La pelouse, les enfants n'y vont pas. Je leur ai expliqué. Ils savent que ce qui est beau est fragile. Ils font attention aux choses, mes enfants. Ils en connaissent le coût. Ils ont assez d'espace pour leurs jeux, le reste, c'est pour la beauté, l'agrément. Le fabricant d'aliments pour chats fronce à nouveau les sourcils, bougonne, va chercher dans une remise un ciseau énorme, se penche sur une touffe d'herbe grasse, coupe deux brins qui dépassaient des autres. Les casseroles d'Albain, alignées comme des petits soldats sur la table de jardin, sont sans doute ce qu'il y a de moins cher dans cette maison. Les enfants du fabricant d'aliments pour chats ont l'air sournois. Des petits vieux précoces, douze et quinze ans. Ils regardent Albain des pieds à la tête, retiennent un sourire de mépris devant ses chaussures couvertes de boue sèche. Albain a un prix dans ces yeux-là. Un prix ridiculement bas. Albain n'est pas quelque chose qui coûte très cher. La femme du fabricant d'aliments pour chats soupèse les casseroles. Elle fait la moue. Albain a la migraine. Vite, partir d'ici. Vendre la panoplie entière — casseroles, marmites, poêles — et m'enfuir. Heureusement qu'il y a Geai. J'ai cru au début qu'elle était restée dans la voiture. Le fabricant d'aliments pour chats s'est mis à bâiller plusieurs fois de suite, je me suis retourné : Geai dansait sur l'eau de la piscine. Elle m'a fait un clin d'œil. Cela m'a donné assez de force pour rester encore un quart d'heure. Je n'écoutais plus ce que me disait le fabricant d'aliments pour chats. D'ailleurs il ne disait rien, il comptait ses sous, à voix haute. J'avais retenu l'essentiel : un départ en vacances, dans quinze jours. En Bretagne. Évidemment, il n'a pu s'empêcher de me dire combien ces vacances lui coûteraient.

Quinze jours ont passé. C'est une nuit de pleine lune. Geai, assise en tailleur sur la pelouse, regarde Albain s'affairer. Il a loué une camionnette pour l'occasion. Avec la camionnette il est allé au marché. Il a acheté neuf cages et dix-huit lapins. Un couple par cage. À présent, les cages sont alignées au bord de la piscine. Albain ouvre les portes, une par une. Dix-huit lapins jaillissent sur la pelouse. Le fabricant d'aliments pour chats, les fils du fabricant d'aliments pour chats et la femme du fabricant d'aliments pour chats sont partis un mois. Les lapins peuvent s'amuser pendant trente clairs de lune. En cas de pluie, ils pourront se réfugier dans la maison dont Albain a ouvert toutes les portes.

— Dis-moi, Geai, elle n'est pas bonne, mon idée ?
— Elle est très bonne, Albain.
— On continue ?
— On continue, Albain, on continue.

Double travail — un pour le jour, un pour la nuit. Le jour, Albain examine les maisons de ses clients, tout en vantant sa marchandise. Il estime la hauteur des murs d'enceinte, note la présence de systèmes d'alarme, interroge discrètement les propriétaires sur leurs habitudes. La nuit, il revient.

S'aventurer dans une maison étrangère, la nuit, accélère les battements du cœur. L'instant le plus délicieux est celui où, dans le noir, on pousse la porte d'une chambre. Il y a toujours le risque de tomber sur un insomniaque, sans parler de ces gens qui dorment avec un revolver dans le tiroir de leur table de nuit. Le plus dangereux, ce sont les maisons où il y a des parquets de bois. Albain apprend à s'y déplacer avec la même lenteur que sur un lac gelé, attentif au moindre craquement.

Geai adore ces escapades. Évidemment. Elle n'éprouve pas le besoin de dormir, elle. Les morts ne pensent qu'à jouer. Albain aussi, mais très vite il limite ses sorties aux nuits de pleine lune. Il vaut mieux faire peu de choses et bien les savourer. On s'habitue si vite. Les nuits où la lune est pleine de lait sont assez rares pour qu'Albain en garde l'émotion intacte.

Geai traverse les murs sans façon. Albain met un peu plus de temps à entrer. Il ne touche rien, il regarde. Il regarde ce que les gens font avec leur vie, de quels objets ils aiment s'entourer, quels visages ils ont dans le sommeil. Parfois il laisse une trace de son passage, comme une signature. Tout dépend de l'impression qu'il a eue lors de sa première visite, sa visite du jour, sa visite des casseroles. Là où il a aimé un visage, une parole, un geste, il emporte un bouquet de fleurs. Parfois aussi il répare un jouet d'enfant. Le plus souvent il se contente de regarder. C'est sa passion, son vice, sa folie et sa sagesse, à supposer qu'il ait une sagesse : regarder.

Ces nuits sont éprouvantes. Il est plus fatigant de jouer que de travailler. Quand il vend des casseroles, Albain n'est qu'à demi présent. Il y a quelqu'un en lui qui fait le vendeur, et quelqu'un d'autre qui se repose. Il est impossible d'être aussi détaché dans un jeu. Pénétrer dans une maison endormie est un jeu qui suppose une attention pleine. Après une nuit de pleine lune, Albain dort une journée entière.

Il y a des mystères de ce côté de la vie, et il y a des mystères de l'autre côté. Il y a des mystères partout. Autant les accueillir sans se poser de questions. C'est ce que fait ce matin une petite fille, ravie de découvrir que sa poupée n'est plus aveugle. Elle avait perdu ses yeux de plastique bleu — et voilà qu'elle a recouvré la vue, voilà qu'elle a deux yeux de billes vertes, plus beaux que les yeux d'autrefois. Un miracle. La petite fille ne se souvient pas du marchand de casseroles que ses parents avaient reçu, il y a trois semaines. Elle ne fait pas le lien, ne peut en imaginer un. Elle est devant un miracle et les miracles, ce n'est pas compliqué, pas la peine d'en faire une histoire.

Les gens sont avec leurs maisons comme ils sont avec leur corps. Les maisons aussi ont leurs migraines. Albain est comme un docteur assisté par une infirmière invisible. Il palpe l'intérieur des maisons, écoute, regarde les fauteuils déchirés, les bibelots sous vitrine, les cendriers remplis. Geai regarde avec lui. Deux ombres au clair de lune. Deux ombres qui visitent des musées, qui ne se contentent pas de défiler devant les natures mortes, qui se promènent à l'intérieur.

Au bout de quelques mois, Albain commence à ramener des choses. Pas d'argent. Jamais d'argent, même s'il a déjà découvert des billets de banque dans une machine à laver ou dans le fond d'un vase. L'argent est une matière trop légère, plus fuyante que de l'eau. Albain choisit des choses plus lourdes que du papier-monnaie, plus aptes à retenir un songe, une mémoire, une histoire. Une montre, un flacon de parfum, un peigne en ivoire. Certains objets valent une fortune, d'autres ne valent rien. Albain ne les choisit pas pour leur valeur mais pour leur beauté ou leur drôlerie. Jamais plus d'un objet par maison. Il les garde une semaine ou deux puis, quand il se lasse de les contempler, il les abandonne sur un banc de jardin public ou sur le bord d'une fenêtre. L'instant de l'abandon est plus délicieux que celui de la prise.

Dans toute activité, quelle qu'elle soit, on peut connaître un état de grâce. Cette grâce, Albain l'éprouve une nuit d'été, à Dijon. Les nuits d'été sont favorables aux amants et aux cambrioleurs. Albain retourne dans deux maisons où il est entré au printemps. Deux hôtels particuliers. Dans l'un comme dans l'autre, il n'a pas vendu une seule casserole. On ne peut exclure tout à fait un sentiment de vengeance dans ces visites nocturnes. La grâce peut surgir de n'importe où. Dans la première maison, celle d'un procureur, il y a un nu de Matisse. Albain décroche le tableau, l'emporte avec lui dans la seconde maison, celle d'un chirurgien. Il sait qu'il y trouvera un dessin de Toulouse-Lautrec : le visage d'un fêtard sur grand papier —

chemise blanche, veste noire et nez rouge. Même format que le Matisse. Le fêtard lui donne soif. Il y a un bar dans le salon du chirurgien. Albain se sert un cognac, puis deux, puis trois. C'est au quatrième que l'idée lui vient. Cette nuit-là, il atteint en quelques minutes un des sommets de son art : il rentre à l'hôtel les mains vides, après avoir échangé les deux images, remis de l'ordre dans tout ça — le nu chez le chirurgien, l'ivrogne chez le procureur.

Bonjour. Je m'appelle Albain. J'ai lu votre annonce. Elle me plaît. Je n'ai encore jamais travaillé dans une librairie, mais j'ai eu beaucoup affaire aux gens dans mon métier précédent. Je leur vendais des casseroles, je pourrais donc très bien leur vendre des livres. Qui peut le moins peut le plus — ou l'inverse. Qu'en pensez-vous ? Je vous laisse mon adresse. Je vous salue bien.

Bonjour. J'ai fait beaucoup de chemin pendant six ans, souvent dormi dans les hôtels. J'aime les paysages neufs et les immeubles de banlieue. Je fais attention aux objets, surtout les plus petits, je les respecte. Je crois que je pourrais travailler chez vous comme déménageur, sans problème.

J'ai lu votre annonce chez la boulangère. Je ne sais pas combien d'enfants vous avez, votre billet n'était pas très clair. Il y a des écritures qui me font fuir, la vôtre m'attire. Je veux bien garder vos enfants. S'ils sont assez grands, je peux leur apprendre le violon. Je laisse ce mot à la boulangère qui vous le donnera. Je m'appelle Albain.

Bonjour, ne me jetez pas dans la corbeille à papiers. Je crois qu'il ne faut jamais rien négliger, c'est même cette croyance qui me fait vous écrire pour le poste d'informaticien. Je ne connais rien à l'informatique, je suis prêt à tout apprendre en un temps record. Vous demandez une lettre de motivation. Ma motivation, c'est gagner de l'argent. Pas trop, juste le nécessaire. Il reste bien sûr à définir ce qui est « nécessaire ». Rencontrons-nous, parlons-en. Ma lettre devrait vous arriver demain. Je vous appelle après-demain, vers quatorze heures. Merci.

Je m'appelle Albain, je suis au chômage depuis six mois. Ce n'est pas ma faute, plutôt celle de mon employeur. Il fabriquait des casseroles. Sa femme l'a quitté et il s'est suicidé. Je ne suis pas sûr que son suicide soit en rapport avec le départ de sa femme. J'ai beaucoup réfléchi là-dessus. Je pense qu'il y a mille raisons pour se tuer, autant que pour vivre. Je pense aussi que tout ce qui arrive porte chance : je voudrais profiter de mon chômage pour vendre autre chose que des casseroles — et pourquoi pas, ne plus rien vendre. Bref, j'aimerais travailler dans votre cabinet médical. Je ne sais pas si vous ne prenez que des femmes. Si ce n'est pas le cas, faites-moi signe.

Bonjour, je m'appelle Albain, je suis encore jeune et je compte le rester longtemps. Je suis né en Isère mais je peux vivre partout. J'aime la nuit, j'aime attendre, j'aime regarder, j'aime être seul. Je me sentirai très bien dans ce travail que vous proposez, dans votre entreprise de télé-surveillance. Je voudrais quand même savoir une chose : vous surveillez quoi ? Je joins une enveloppe timbrée pour la réponse. Je vous contacterai après.

Albain n'a appris que tardivement le décès du fabricant de casseroles. Pendant plusieurs semaines, il a travaillé pour un mort. Puis il a acheté un livre où l'on apprend aux gens à rechercher un emploi. Geai lisait par-dessus son épaule. C'est elle qui lui a conseillé de ne pas tenir compte du chapitre intitulé : « Comment rédiger votre curriculum vitae. » Tu fermes le livre et tu l'oublies. Si tu écris comme tout le monde, personne ne te lira. Tout le monde et personne, cela va ensemble. Tes lettres, fais-les comme elles te chantent. Tu verras, ça marche. Elle a raison, Geai : ça marche. Sur trente demandes, huit réponses positives. Positives ou, du moins, amusées. On s'ennuie dans les bureaux, les magasins, les usines. Partout on s'ennuie, et les lettres d'Albain arrivent comme un coup de fraîcheur, un rire d'enfant. Plusieurs entretiens. L'accord se fait avec le brocanteur. Il vient d'ouvrir une seconde boutique. Il n'y sera presque jamais. Il a besoin de quelqu'un pour garder les meubles, pour les cirer de temps en temps et, éventuellement, pour réparer de vieilles choses. La lettre qu'Albain avait envoyée était la plus brève : « Je m'appelle Albain, j'aime les belles choses. » Le brocanteur habite à Dole. La boutique est à Besançon. Albain commence demain.

Dans la vitrine, un seul meuble, hors de prix.
Il n'est d'ailleurs pas là pour être vendu. Ce
n'est pas parce que l'on tient un commerce que
l'on ne pense qu'à l'argent. Ce meuble est un
berceau en bois du XVIIIᵉ siècle. Les nouveau-
nés qui ont dormi à l'intérieur sont à présent de
l'autre côté de la vie, du côté de Geai. Ce côté
n'est pas si loin du nôtre. Il se passe avec ce
meuble ce qui se passait avec le marronnier ou
avec le lavoir. Du bonheur, de la lenteur et de
l'amour. Regarder ce berceau donne une
grande joie à Albain. Ce que nous vivons se
sépare de nous et se dépose sur les objets qui
nous entourent. Le souci des mères, leur amour
fiévreux, les chansons qui leur montaient aux
lèvres, leur étonnement devant l'enfant en-
dormi, la crainte que le diable vienne le prendre,
les soupirs des parents pendant l'amour, dans la
chambre à côté, le bruit de l'orage par une

fenêtre entrouverte, tout cela et bien d'autres choses, immatérielles, ont trouvé asile dans le berceau, imprégnant le bois aussi sûrement que l'odeur du tabac dans une chambre fermée. Toutes ces douceurs reviennent au premier regard.

Il vaut combien ? si Albain ne répond jamais à cette question, il est intarissable pour raconter l'histoire du berceau. Jamais la même. Un jour, c'est Robespierre qui a dormi à l'intérieur, un autre jour, c'est l'enfant abandonné d'un prêtre et d'une servante. L'histoire change avec les jours, avec les gens.

Albain sort parfois du magasin et contemple le berceau depuis la rue. Quand même, Geai, tu exagères : je sais bien que tu n'es pas plus lourde qu'un rayon de soleil, je sais bien que tu ne risques pas de l'abîmer, mais tu pourrais t'installer ailleurs. Heureusement que je suis seul à te voir. Je me demande pourtant si les enfants ne se doutent pas de quelque chose : chaque fois que tu te balances sur ce meuble, ils sourient — le même sourire que toi, Geai — et ils entrent dans le magasin. Remarque, ça me fait une compagnie. Le brocanteur est passé hier. Il est tellement content de moi qu'il m'a proposé d'organiser moi-même mes horaires. Le malheureux. Il ne faut jamais me proposer une telle chose. Bon, où est-ce que j'ai mis la colle ? La locomotive en bois est presque finie. Un coup de peinture et elle pourra reprendre ses voyages. Pousse-toi un peu, Geai. Cet ours en costume tyrolien est mal en point, je m'en occuperai cet après-midi, en attendant, une sieste dans le berceau ne lui fera pas de mal. Tu es sûre que tu ne veux pas t'asseoir dans le fauteuil Voltaire ? Je l'ai réparé pour toi. Il irait bien avec ta robe rouge. Tu es sûre ? Franchement, ça m'arrangerait que tu quittes un peu la vitrine : les gens regardent le berceau et ils bâillent, tous. D'accord, tu n'y peux rien, mais comme publicité, il y a mieux.

Albain a mis une bouteille de champagne sur la table et s'est assis devant la fenêtre grande ouverte. Six heures de l'après-midi. Devant lui, un ciel bleu. Il n'a pas eu longtemps à attendre. En quelques minutes le rideau bleu s'est effacé, les comédiens se sont avancés sur la scène. Ils étaient ce soir-là irréprochables — des gros nuages aux fines hirondelles, jusqu'à celle qui n'apparaît que dans le dernier acte, l'étoile du Berger, radieuse de simplicité. Le spectacle a duré trois heures pleines. À la fin, Albain a levé son verre à la santé de la troupe. Cela fait quatre ans qu'il assiste à la même représentation. Il y découvre toujours quelque chose de neuf. Il n'ouvre pas chaque fois une bouteille de champagne. Il ne le fait que pour saluer les très bonnes journées qui s'achèvent.

Une bonne, une très bonne journée, c'est, dans le désordre, la fantaisie d'un moineau sur des toits d'ardoise grise, une odeur de soupe aux poireaux sur le palier d'un immeuble, une chemise blanche fraîchement repassée, des choses colorées dans la vitrine d'un magasin où l'on n'entrera pas, une parole qui ne vous était pas destinée, comme ce matin à l'arrêt de bus, cette jeune femme disant à une autre : « Les gens, c'est terrible, ils croient que c'est drôle d'être drôle. » Une bonne, une très bonne journée peut fort bien être coupée de pluie. Le beau temps n'est pas une condition nécessaire à la gaieté. Une bonne, une très bonne journée s'ouvre avec le salut mélancolique de Lorenzo, l'épicier à côté de la boutique d'Albain. Ses clients disparaissent de jour en jour. Son chien leur fait peur. « Ma que veux-tou que ye fasse, ce chien, il ne soupporte pas la clientèle. Ye ne peux pas le laisser tout soul à la maison, il en devient nourasthénique, c'est bien ça qu'on dit : nourasthénique. Tou comprends, y'aime bien les clients ma ye préfère mon chien, et ye ne pourrai plus le nourrir si ye ferme la boutique à cause de loui. Ce matin il a mourdu une petite vieille qui venait ici depuis des années. Ye ne sais plou quoi faire, ye ne vois pas de solution. »

Une bonne, une très bonne journée, soyons clair, c'est aussi très peu de travail. Aujourd'hui Albain a remis ses roues à une locomotive et ciré un confiturier. Puis il a accroché le panneau sur la porte : « Absent pour cause de... » Le motif est écrit au crayon. Albain met un point d'honneur à ne jamais donner la même raison à ses absences. Il a commencé par les classiques : cause de deuil ou de mariage. Il n'était alors embarqué ni dans un deuil ni dans un mariage. Il avait seulement besoin de dormir après une nuit de pleine lune. Ensuite il a inventé. Absent pour cause de lecture du journal, de bain prolongé, de rêverie, d'ennui, de migraine, de bonheur. Tout le quartier est habitué à ses absences. Les passants s'approchent de la porte, juste pour lire le panneau. Albain les entend rire de l'autre côté du rideau baissé. Il a craint au début que cette façon d'agir écarte la clientèle. Au contraire, ça l'a multipliée. Il y en a même qui lui reprochent de ne pas changer l'inscription assez souvent.

Et puis une bonne, une très bonne journée ne serait rien sans la visite de Rosamonde. Il aurait fallu commencer par là : voir Rosamonde, même une minute, c'est entrer au paradis des bonnes, des très bonnes journées.

Rosamonde sont deux. Oui, je sais, cette phrase ne sonne pas bien. Il est pourtant impossible de l'écrire autrement. Rosamonde sont deux. Rosamonde, tel est le nom donné par Albain à une apparition qui l'a ébloui. Cette apparition a eu lieu sur le seuil de son magasin. Une mère et sa fille. Rosamonde est le nom du lien entre cette mère et cette fille. C'est ce lien qui a ébloui Albain. Rosamonde est le nom de cet éblouissement. On peut l'écrire comme ça : Albain est tombé amoureux — à condition de préciser qu'il n'est pas tombé amoureux d'une seule personne mais de l'alliance entre cette personne et une autre, de l'univers vibrant à l'intérieur de cette alliance. On croit aimer des gens. En vérité, on aime des mondes.

La mère — par commodité, appelons-la : Rosamonde première — travaille dans un institut pour aveugles. Elle y enregistre des livres sur cassettes. La fille — Rosamonde seconde — a sept ans et huit mois. Elle collectionne les hannetons. Ce sont les hannetons qui ont amené Rosamonde — première et seconde — dans la boutique d'Albain. L'enfant avait demandé à sa mère de lui fabriquer une maison pour hannetons, une maison miniature avec ce qu'il fallait de portes et de chambres. Sans oublier un arbre nain dans le salon. La saison des hannetons étant brève, la petite fille avait demandé que la maison soit aménagée pour abriter plus tard des escargots. La mère connaissait bien un bricoleur qui aurait pu bâtir la maison souhaitée par l'enfant. Elle le connaissait si bien qu'elle avait fait, avec lui, Rosamonde seconde. Mais le bricoleur s'était enfui deux mois avant la naissance de l'enfant. La réputation d'Albain — génial réparateur de jouets — a attiré Rosamonde — première et seconde — dans le magasin.

Inséparables, elles ont passé la porte en même temps. Mon idée, jeune homme, est la suivante, dit Rosamonde première en s'asseyant sans façon sur Geai, elle-même assise sur une chaise à rempailler : pour les chiens, on construit des niches, pour les abeilles, des ruches — et rien pour les hannetons. J'ai entendu parler de votre habileté manuelle. J'ai rassemblé des documents sur les habitudes des hannetons, ce qu'ils aiment, ce qui les réjouit et ce qui les fait fuir. Dans deux mois ils apparaissent. Pouvez-vous construire une maison en deux mois ? Pouvez-vous faire en sorte que cette maison, moyennant quelques modifications très simples, puisse abriter d'autres hôtes que les hannetons qui, comme vous le savez, ne sont sur terre que de passage ? Et à propos, le berceau dans la vitrine, il coûte combien ?

Albain a écouté Rosamonde première dans un contentement parfait. Il n'a rien entendu de ce qu'elle disait, seulement la voix. Il est tombé amoureux fou de cette voix, donc de ce corps, donc de cette âme, donc de Rosamonde seconde sortie de Rosamonde première, sortie, surgie, jaillie, éclose dans ce corps et cette âme, à peine sortie en vérité, à peine surgie, jaillie, éclose — inséparable. Il a dit oui à tout sans même comprendre ce qu'il y avait dans ce tout. Rosamonde première, suivie par Rosamonde seconde, est sortie du magasin, ravie. Elle emmenait le berceau du XVIIIe siècle. Albain le lui avait vendu (à bas prix — mais c'est sans doute inutile de le préciser).

Dis-moi, Geai, demande Albain quand Rosamonde première et seconde sont sorties, dis-
moi : j'ai envie de pleurer et j'ai envie de rire,
c'est normal ce mélange, tu crois ? Et Geai n'a
rien répondu, et Geai a souri, et la robe de Geai
était un peu moins rouge ce soir, un peu déco-
lorée, et Albain n'a rien remarqué, il n'a même
pas fait attention à cet autre détail, lui qui sait
qu'il n'y a partout que des détails, rien que des
détails : Geai assistait à la rencontre de Rosamonde et d'Albain et, pendant tout ce temps, ni
Rosamonde première ni Rosamonde seconde
n'ont bâillé. Pas une seule fois.

Je ne sais pas ce qui m'a pris, Geai. Je te raconte puisque tu n'étais pas là, puisque tu n'as pas voulu venir. Je ne sais pas ce qui m'a pris. J'avais pourtant fait l'essentiel. Je m'étais penché par-dessus le lit où Rosamonde première dormait. D'une main, j'avais retenu ma veste contre moi pour qu'elle ne touche pas son visage, de l'autre main j'avais saisi le livre sur la table de nuit. Je ne l'aurais pas volé. Je voulais juste savoir ce qu'elle lisait, à qui elle donnait ses yeux avant de s'endormir. Non, vraiment, je ne sais pas ce qui m'a pris : je ne bougeais plus. Je regardais le visage de Rosamonde première, à quelques centimètres du mien. Je la voyais mieux, bien mieux que dans le magasin. On ne peut pas contempler les gens comme des peintures. On ne peut pas les dévisager très longtemps, sinon on les affole et ils s'imaginent Dieu sait quoi. Là, c'était bien. Le sommeil de Rosamonde première me protégeait. Je ne pouvais plus détacher mes yeux de ce visage. Pourquoi n'es-tu pas venue avec moi, Geai ? J'aurais aimé que tu découvres avec moi autant de grâce — ces paupières, ce nez, cette bouche, ces cheveux, une masse de lumière brune enfoncée dans l'oreiller blanc. Combien de temps a passé ainsi, je l'ignore, Geai, je l'ignore. Une demi-heure, deux heures peut-être. Évidemment elle a fini par ouvrir les yeux, elle m'a regardé, j'ai cru qu'elle allait hurler mais non, elle m'a souri comme dans son rêve, elle s'est rendormie sur le côté. J'ai mis un temps fou pour franchir les deux mètres qui me séparaient de la porte. Il me semblait que mon cœur faisait un bruit épouvantable, qu'il allait la réveiller d'une seconde à l'autre. Il était six heures du matin lorsque je me suis retrouvé sur le trottoir, les mains vides, la bouche sèche. J'aimerais savoir où va cette histoire, Geai. J'y retourne ce soir et les soirs prochains aussi. Avec toi, ou sans toi.

Rosamonde première et Rosamonde seconde remplissent les jours et les nuits d'Albain, à ras bord. Après l'école, Rosamonde seconde vient goûter dans le magasin d'Albain. Quand il a terminé la maison pour hannetons, l'enfant lui a apporté des jouets à réparer. Beaucoup de jouets. Albain la soupçonne de les casser exprès. La petite fille joue dans la boutique jusqu'à six heures. Puis la mère revient de son travail, boit le thé à la menthe avec Albain — et les deux Rosamonde s'en vont. La nuit, Albain rentre chez elles, les regarde dormir. Filent les jours, filent les nuits. Les choses pourraient continuer ainsi, éternellement. Bavarder avec Geai — elle parle moins ces temps-ci, mais ce n'est pas grave, elle continue à sourire. Jouer avec Rosamonde seconde. Contempler Rosamonde première dans son sommeil. Albain ne demande rien de mieux. Il aura bien mieux, il aura un tré-

sor à la fin de cet été, il aura Rosamonde première, une nouvelle fois adorée pendant son
sommeil, qui ouvre les yeux et lui tend les bras :
Albain, mon cher Albain, mon tendre Albain,
cela fait maintenant trois mois que vous entrez
dans cette maison. Trois mois et neuf jours
exactement. Vous faites un étrange cambrio-
leur. Vous ne volez rien, vous me regardez dormir, du moins faire semblant de dormir, car je
vous ai vu dès le premier soir, j'ai même pris
l'habitude de vous attendre, je ne dors vraiment
qu'après votre départ et je dois dire que votre
passage me conduit vers un sommeil de reine.
Ma fille est au courant, bien sûr. De nuit comme
de jour, nous avons des mouvements très
proches, elle et moi. Elle aussi s'est aperçue de
votre « visite » dès la première fois. Elle est
même un peu jalouse : vous entrez dans sa
chambre moins souvent que dans la mienne,
vous la regardez moins souvent dormir que moi.
Dans un sens, ça l'arrange : elle m'a dit avoir du
mal à contenir un fou rire lorsque vous vous
penchez sur elle pour l'embrasser sur le front.
J'ai beaucoup réfléchi sur vos « visites », mon
cher Albain. J'en suis arrivée à cette conclusion :
vous entrez chez moi en pleine nuit, vous êtes
donc un voleur. Que fait un voleur, Albain ? Il
vole. L'oiseau chante, l'enfant joue et le voleur

vole. Mais vous volez quoi, au juste ? J'ai eu beau réfléchir, chercher : vous ne volez rien, vous me regardez dormir. Vous volez une image. Albain, si cher Albain, puisque vous aimez tant me voir dormir, venez dans mes bras, entrez dans ce lit, restez dans cette maison. Cela évitera à ma fille de détraquer ses jouets pour vous les faire réparer ensuite, et cela me permettra de dormir un peu plus tôt — c'est fatigant de vous attendre jusqu'à deux heures du matin. Est-ce que vous me trouvez belle, Albain ? Oui, sûrement, sinon vous ne viendriez pas toutes les nuits, eh bien, prenez, mangez, touchez, une femme ce n'est pas qu'une image, venez, Albain, je vous attends.

Et elle n'eut pas à attendre longtemps.

C'est au cours de cette nuit que Geai disparut — à supposer que ce mot puisse convenir à quelqu'un qui, somme toute, était *déjà* disparu.

Disparaître est un privilège de vivant. Les morts n'ont pas ce privilège. Ils en ont d'autres, ne craignons rien pour eux.

Albain ne craignait rien pour Geai. Il comprenait son effacement. Il comprenait sans comprendre. Une porte sur l'invisible s'était ouverte, sans bruit. Elle se refermait de même, sans bruit.

En s'en allant, Geai laissait quelque chose. Elle laissait le meilleur d'elle-même, mais peut-être le meilleur de nous-mêmes ne nous appartient-il pas, peut-être ne sommes-nous que les gardiens d'une chose qui, lorsque nous disparaissons, demeure.

C'est ainsi qu'Albain commentait en silence, commentait pour lui seul, le sourire errant sur les lèvres de Rosamonde première et dans les yeux de Rosamonde seconde — deux créatures vivantes, indéniablement vivantes, douées d'impatience et de gaieté, et à leurs lèvres, dans leurs yeux, le même sourire que Geai.

Exactement le même.

Aux Éditions Lettres Vives

L'ENCHANTEMENT SIMPLE.
LE HUITIÈME JOUR DE LA SEMAINE.
L'AUTRE VISAGE.
L'ÉLOIGNEMENT DU MONDE.
MOZART ET LA PLUIE.

Aux Éditions Paroles d'Aube

LA MERVEILLE ET L'OBSCUR.

Aux Éditions Brandes

LETTRE POURPRE.
LE FEU DES CHAMBRES.

Aux Éditions Le Temps qu'il fait

ISABELLE BRUGES (repris en « Folio », n° 2820).
QUELQUES JOURS AVEC ELLES.
L'ÉPUISEMENT.
L'HOMME QUI MARCHE.
L'ÉQUILIBRISTE.

Livres pour enfants

CLÉMENCE GRENOUILLE.
UNE CONFÉRENCE D'HÉLÈNE CASSICADOU.
GAËL PREMIER ROI D'ABÎMMMMMME ET DE
  MORNELONGE.
LE JOUR OÙ FRANKLIN MANGEA LE SOLEIL.

Aux Éditions Théodore Balmoral

CŒUR DE NEIGE.

Composé et achevé d'imprimer
sur Roto-Page
par l'Imprimerie Floch
à Mayenne, le 15 juillet 1998.
Dépôt légal : juillet 1998.
Numéro d'imprimeur : 43823.

ISBN 2-07-075320-4 / Imprimé en France.